Barbara Comyns

Die Tochter

Barbara Comyns

Die Tochter

Aus dem Englischen von Claudia Wenner

marix verlag

Erstmals 1959 erschienen unter dem Titel:
Barbara Comyns
The Vet's Daughter

Kapitel Eins

Ein Mann mit kleinen Augen und rötlichgelbem Schnauzbart sprach mich an, als ich gerade in Gedanken war. Gemeinsam gingen wir eine Straße entlang, die von Ligusterhecken gesäumt war. Seine Frau gehöre der Plymouth-Brüderbewegung an, sagte er, und ich erwiderte, das tue mir leid, weil mir schien, dass er das von mir hören wollte, und weil ich sah, dass er eine arme, zerrüttete Kreatur war. Wäre er ein Pferd gewesen, hätte er höchstwahrscheinlich Knieschützer getragen. Wir kamen an eine große rote Eisenbahnbrücke, die wie ein hoher Regenbogen über die Straße führte. Und ganz in der Nähe der Brücke befand sich das Haus des Tierarztes, vor dem eine Straßenlaterne stand. Ich sagte »Entschuldigen Sie vielmals«, und ließ den armen Mann zwischen den Ligusterhecken zurück.

Ich ging ins Haus. Es war mein Zuhause, und obwohl es einen Linoleumboden hatte, roch es nach Tieren. In der braunen Diele stand meine Mutter; sie blickte mich mit ihren traurigen Augen an, die schweren Lider fast geschlossen, sagte aber nichts. Sie stand nur da. Sie hatte kleine Knochen und hängende Schultern; außerdem waren ihre Zähne nicht gerade; wäre sie ein Hund gewesen, hätte mein Vater sie eingeschläfert.

Ich sagte: »Mutter, es riecht nach Kohl. Dann gibt es gleich Essen.«

Sie wirkte verängstigt und hastete in die Küche, die kleinen Hände wie Katzenpfötchen erhoben. Ich ging ins Esszimmer und wollte eigentlich den Tisch decken, doch Mutter war mir zuvorgekommen; das Silber glänzte zwar, aber das Tischtuch hatte braune Soßenflecken, die sich auch mit Salzfässchen nicht verdecken ließen. Auf dem Tisch standen bunte Pickles in Gläsern, und das Wasser im Glaskrug sah schal aus; doch für meinen Vater gab es Bier.

Das Esszimmer war dunkel, weil eine schmutzige Stechpalme dicht vor dem Fenster stand. Wenn der Feuerrost nicht voll mit gefaltetem, rußigem Papier gewesen wäre, hätte man nicht gemerkt, dass es Sommer war. Vor dem Kamin lag ein Teppich aus dem abgezogenen Fell einer Dogge, und auf dem gemeißelten Kaminsims lag ein Affenschädel mit einem Doppelgebiss, das zu klappern schien, wenn man es ansah.

Wir saßen zu dritt um den Tisch und aßen kaltes Fleisch. Es war Montag. Niemand sprach ein Wort und unsere Messer und Gabeln klangen recht laut. Mutter ließ einen Löffel mit Kartoffelbrei fallen und kicherte dann kurz und ganz leise. Vater biss in seinen Schnauzbart. Er war schwarz und hatte gewachste Enden. Ich wusste, dass im Badezimmerschrank ein Fläschchen mit einem französischen Etikett stand. Es enthielt eine farblose Flüssigkeit, die seinen Schnauzbart und seine Augenbrauen verblüffend schwarz färbte. Weil das etwas Verruchtes hatte, wünschte ich mir, er würde sie nicht benutzen.

Nach dem Lunch half ich Mutter in der Küche. Durchs Fenster sah ich die Sonne auf die Häuser scheinen und fragte Mutter deshalb, ob ich mit meiner Freundin Lucy im Park spazierengehen dürfe. Wie so oft sagte sie, ich solle Vater fragen. Also ging ich in die Praxis. Die Tür wurde von einem Pferdehuf offen gehalten, der nicht mit einem Pferd verbunden war, und ich äugte durch den Türspalt: Vater nähte einem Pekinesen gerade das Auge ein. Er benutzte Chloroform, aber ich lief davon, weil ich nicht mitansehen konnte, wie er an einem Hund herumnähte. Als ich meine Freundin traf, schien der Chloroformgeruch immer noch an mir zu haften.

Wir machten einen Spaziergang im Battersea Park. Lucys Haar wallte wie Wasser aus einem Hahn über ihren Rücken, kerzengerade und lang. Meines war wie eine flachsfarbene Glocke. Weil Lucy taubstumm war, sprachen wir mit den Händen; ihre Mutter ließ sie Schneiderin werden, weil sie fand, dieser Beruf eigne sich für Taubstumme. Wir waren beide siebzehn. Auf den dunkelgrünen Bänken saßen Mütter und sahen ihren Kindern beim Spielen zu, die im rußigen Gras große glänzende Reifen und Bälle umherrollten. Wir gingen zu den Vögeln, und in der Ferne spielte eine Kapelle. Soldaten sprachen uns an, bis sie merkten, dass wir mit den Händen redeten. Dann beobachteten wir die Vergnügungsdampfer und Lastkähne auf dem Fluss. Große Papierbündel in verschiedenen Farben und mit Stroh beladene Boote fuhren sehr schnell vorbei, und auf einem Kohlenkahn stand ein Mann mit schwarzem Gesicht und winkte uns zu. Weil wir wussten, dass er nicht anhalten konnte, winkten wir zurück. Es war wunderbar am Wasser; aber allzu bald mussten wir uns durch die heißen, hässlichen Straßen mit den roten und gelben Häusern auf den Heimweg machen. Ich weiß nicht, was Lucy widerfuhr, als sie nach Hause kam, ich jedenfalls bekam von Vater einen kräftigen Klaps auf den Hinterkopf und musste die Katzenkäfige sauber machen.

An jenem Abend ging Vater zum Billardspielen und meine Mutter und ich saßen friedlich im Garten hinter dem Haus aus Klinkersteinen, an dem sich dunkler Efeu emporrankte. Wir stopften die Löcher in den Laken, und meine Mutter sprach über den Bauernhof in Wales, auf dem sie aufgewachsen war. Sie erzählte mir von riesengroßen wilden Bergziegen, die enorme gekringelte Hörner hatten, und von stillen, dunklen Seen, die vom Wasser der Bergbäche eisig kalt waren, und vom Wasserfall neben dem Bauernhof, der ihr einziger Wasservorrat war. Ich hörte Mutters Erzählungen gerne zu; doch wenn Vater zu Hause war, flüsterte sie nur.

Der Tag war fast vorüber und ähnelte den meisten anderen Tagen, an die ich mich erinnern konnte: allesamt waren sie überschattet von meinem Vater, vom Saubermachen der Katzenkäfige und vom Kohlgeruch, vom entweichenden Gas und von Vaters Duftwasser. Es gab Momente des Friedens, und manchmal auch Sonnenlicht draußen. So war es dauernd.

Morgens stieg ich die dunkelbraunen Stufen hinunter, und meine Mutter huschte umher, immer dicht an der Wand entlang. Ihr lebloses Haar stand in einem ramponierten Pferdeschwanz ab, der eher wie ein Eselsschwanz wirkte. Sie flitzte mit Bürsten und Besen umher, und dann mit Krügen dampfenden Wassers für Vaters Zimmer – und mit seinem Frühstück. Bücklinge und Eier und knusprige Speckkringel verschwanden nach oben; wir jedoch aßen in der Küche feuchtes Marmeladenbrot. Wenn es kalt war, drängten wir uns um den schmierigen Gasherd, und Mutter zog dann ihren grässlichen rosa Morgenmantel über die flache Brust.

Wenn Vater festen, schweren Schrittes und nach Kölnischwasser riechend nach unten kam, war sie fertig angezogen und ich reinigte bereits die Tierkäfige. Die Katzen miauten unaufhörlich, und die Hunde mit ihren traurigen Augen warteten immer, bellten und heulten. Wenn das Viertel nicht so ärmlich gewesen wäre, hätte es Beschwerden gegeben. Auch einen schreienden Papagei gab es; doch die Besitzer zahlten uns acht Schillinge wöchentlich als Entschädigung für sein Geschrei, und das lohnte sich. Beim Reinigen der Käfige sah ich an jenem Morgen Vater in seinem Büro am Schreibtisch sitzen. Es war ein Rollpult, das wie eine Orgel wirkte. Während er auf den Vivisektions-Mann wartete, der die Tiere abholen kam, die keiner wollte, saß er da und kaute an seinen Nägeln. Die Tiere wurden Vater zum Einschläfern gebracht, doch er verkaufte sie für Tierversuche. Ich machte dem Vivisektionisten die Tür auf und zog eine schreckliche Grimasse; doch er drängte sich an mir vorbei in Vaters Büro und kickte den Pferdehuf beiseite, damit sich die Tür schloss. Später kamen sie in den Raum, in dem die Tiere gehalten wurden. Ich sah, wie sie das gelbe Hündchen mit dem lachenden, hechelnden Gesicht betrachteten. Es rollte herum und spielte mit dem spitzen Schuh des Vivisektionisten. Er bot meinem Vater ein Pfund für das Hündchen – und für die nette, getigerte Katze mit Jungen bezahlte er noch ein Pfund, für die gesamte Familie. Vater freute sich und gab ihm noch ein einäugiges Kaninchen dazu.

Als der Mann mit den Tieren in Säcken auf seinem Karren davongefahren war, steckte mein Vater das Geld in seine Brieftasche aus Schweinsleder und kaute geistesabwesend eine rosafarbene, duftende Salmiakpastille. Dann sagte er, ich solle einen kleinen Hund über den Fluss nach Knightsbridge bringen. Ich war froh, aus dem Haus zu kommen, wurde aber gezwungen, einen langen, weißen Kittel anzuziehen, damit ich wie eine Tierarzthelferin aussah. Ich trug das Hündchen zwischen den blühenden, süß duftenden Ligusterhecken entlang. Der Sommerwind hatte Papiertüten umhergeblasen, die an den Eisengeländern knisterten, und ein steinalter Mann spähte durch ein schmutziges Fenster zu uns herüber; er sah aus, als sei nie ein Sonnenstrahl an ihn gedrungen und als hätte er dieses dunkle Zimmer nie verlassen. Ich gelangte in eine Straße mit hohen Lagerhäusern, wo die Leute in Straßenbahnen über den Fluss fuhren. Ich stieg in eine ein und ging wegen des Hundes nach oben. Es war Flut und in der Nähe des Ufers lagen kleine Boote auf der Seite, und überall war wunderschönes Licht.

Als wir zur Fulham Road kamen, musste ich zu Fuß weitergehen. Je weiter ich ging, desto schöner wurde es. Die Häuser waren meist weiß oder cremefarben gestrichen und hatten Sonnenmarkisen und Blumenkästen, in denen Blumen waren. Kinder gingen gemächlich neben ihren Kindermädchen her, die riesige Kinderwagen vor sich herschoben. Die Kinderwagen hatten einen weißen Sonnenschutz mit Fransen und auf einem Rüschenkissen platziert war das blühende Gesicht eines Babys zu sehen. Die Geschäfte waren hier so groß, dass sie mir geradezu unwirklich vorkamen. Ich konnte mir nicht vorstellen, dort einzukaufen, auch wenn andere Leute offenbar nicht so empfanden, denn sie strömten durch die Türen hinein, die von Männern aufgehalten wurden, deren Schnauzbärte so groß waren wie der meines Vaters. Die Bürgersteige waren so breit, dass alle Platz fanden, und unter so vielen gut gekleideten Frauen mit fließenden Kleidern und langen Handschuhen genierte ich mich in meinem weißen Kittel. Hübsche Mädchen mit frischen Gesichtern gingen neben ihren eleganten Müttern her, die für sich allein genommen beinah schön waren, neben ihren Töchtern jedoch wie nie welkende Blumen wirkten, die zu lang im Haus überwintert hatten.

Als wir über die Straße gingen und an einen Platz mit faden Häuserfassaden kamen, tanzte das Hündchen am Ende der Leine. Ich lieferte es bei einem Hausverwalter ab, der eine Grabesmiene machte, das kleine Geschöpf entgegennahm, als sei es ein Paket, und mir dann die gelbe Tür vor der Nase zuschlug. Ich stand in meinem absurden weißen Kittel davor und betrachtete die gepflegten Häuser, den hübschen Karreegarten, in dem Damen mit Sonnenschirmen spazieren gingen, sowie die blütenhaften Babys, die in ihren Kinderwagen schliefen. Vor manchen Häusern warteten Pferde und Kutschen, mit livrierten Kutschern in Bereitschaft, und es gab wunderbare Autos, die wie fabelhafte Ungeheuer glänzten. Alles kam mir wohlhabend und völlig sicher vor – sogar die dicke Taube, an die sich eine riesige graue Katze heranpirschte. Ich stand dort in der Sonne und dachte: »Eines Tages werde ich ein Baby mit Rüschenkissen haben, und Männer, viel großartiger als mein Vater, werden mir die Tür aufhalten, wenn ich ein Geschäft betrete – vielleicht sogar beide Türen gleichzeitig.«

Kapitel Zwei

Einmal pro Woche waren wir allein, ohne meinen Vater. Er mietete dann in der »Trompete« einen Einspänner und fuhr in London umher, um kranke Tiere zu behandeln, die er oft mit nach Hause brachte. Für uns waren das schöne Tage. Mutter sang dann manchmal die traurigen Walisischen Lieder, die sie immer als Mädchen gesungen hatte, doch seit einer Weile sagte sie jedes Mal: »Alice, Liebes, ist er wirklich fort? Meinst du, du kommst allein zurecht, wenn ich ein bisschen ruhe?« Dann kroch sie nach oben und legte sich unter eine alte Daunendecke, die mit Federn von längst verstorbenen Berghühnern gefüllt war, und nahm einen heißen Backstein mit ins Bett, um sich noch behaglicher zu fühlen. Ich brachte ihr dann Tassen mit heißer Milch und Tee; doch weil sie Schmerzen hatte, die kamen und gingen, aß sie nie etwas. Anscheinend war sie gern allein.

Ich erledigte die Arbeit und führte die Hunde bis zum Brückenbogen, um einen Vorwand zu haben. Manchmal rannte ich dann für ein paar Minuten zu Lucys Haus und sah ihr und ihrer Mutter dabei zu, wie sie im vorderen Zimmer nähten, umgeben von Nadeln, Schnittmustern und Nähzeug. Es kam vor, dass der Stoff, den sie nähten, schön und schimmernd war, oder schaumig; doch normalerweise war er schwer und dunkel. Lucys Mutter wollte nicht, dass ich lange bei ihnen blieb, sonst hätte Lucy vielleicht die Arbeit niedergelegt, um sich mit den Händen mit mir unterhalten zu können, doch Lucy lächelte nur und nähte weiter. An ihrem sanften, grünlichen Gesicht sah ich, dass sie sich über meinen Besuch freute.

Als ich eines Tages wieder von einem Besuch bei Lucy nach Hause kam, sah ich den Hut meines Vaters in der Diele und wusste, dass er da war. Ich hatte immer gedacht, er trage einen Zylinder, erkannte aber jetzt, dass es nur eine sogenannte Melone war. Während ich den Hut betrachtete, kam mein Vater mit einer großen, einsamen Ratte unter dem Arm aus seinem Büro gepoltert. Wie sich herausstellte, handelte es sich um einen Mungo. Er schrie dauernd, er wolle Tee und wo Mutter eigentlich bleibe. Wenn er den Mungo nicht auf dem Arm gehabt hätte, hätte er mich geschlagen. Ich flüchtete in die Küche, doch Vater kam hinter mir her und verlangte nach einem Unterteller mit Milch für den Mungo. Er sagte, der Mungo müsse in der Küche wohnen, damit er es immer warm habe. Weil ich in Erinnerung hatte, dass Mungos lebendige Schlangen fressen, war ich nicht besonders begeistert.

Als ich mit dem Tier allein war, kam Mutter leise die Treppe hinunter und in die Küche. Sie krümmte sich immer noch vor Schmerzen, sagte aber: »Sag ihm nicht, dass ich mich hingelegt habe – es geht mir sicher gleich besser. Was ist das für ein entsetzliches Tierchen? Müssen wir das unbedingt in der Küche haben?«

Ich briet gerade den Fisch für Vaters Tee und nickte nur. Als ich Mutter anblickte und sah, dass sie ernsthaft krank war, befiel mich plötzlich eine tiefe Traurigkeit, wie ich sie in diesem Ausmaß noch nie erlebt hatte. Ich ging zu ihr und legte ihr ungeschickt den Arm um die dünnen, hängenden Schultern. Dabei wurde mir das Herz ganz schwer.

»Nein, nein! Lass den Fisch nicht allein, sonst verbrennt er noch«, flüsterte sie, »und denk daran, Vaters Teller zu wärmen. Mir geht es schon viel besser. Ich mache den Tee.«

Über den Gasherd gebückt lauschten wir den laut auf- und abstampfenden Schritten im Esszimmer. Dann war sein Essen fertig und ich brachte es ihm auf einem Tablett. Während ich das Essen auf den Tisch stellte, stand er über mir und atmete tief und ungeduldig aus und ein. Dann setzte er sich und aß, als sei er kurz vor dem Verhungern, obwohl er seinen High Tea normalerweise viel später zu sich nahm. Er lehnte die Abendzeitung an die Teekanne und sagte: »Du weißt ja, was du mit den Tieren da drin machen musst«, und ließ den Kopf Richtung Tierzimmer rucken. »Dann mach schon voran, statt hier zu stehen und mich anzustarren.«

Ich fütterte die Tiere und führte die Hunde bis zum roten Brückenbogen. Als ich wieder nach Hause kam, ging Mutter fast wieder aufrecht und der Schmerz war verschwunden. Wir hörten Vater aus dem Haus gehen, und verbrachten einen friedlichen Abend, nur dass wir einen Mungo in der Küche hatten. Plötzlich fing es an zu regnen, sodass sogar die Erde in unserem Garten gut roch. Lucy hatte mir ein Buch geliehen – *Pomeroy Abbey* von Mrs. Henry Wood. Darin kam ein Geist vor, der wütend aussah und eine Hasenscharte hatte. Ich saß in einem knarrenden Korbstuhl und las, bis das Tageslicht verschwand und Mutter das leise zischende Gaslicht anmachte. Ich musste den Geist des Lord von Pomeroy im Westturm zurücklassen (»Er macht ein entsetzlich vorwurfsvolles Gesicht«) und mit Mutter das Tagewerk zu Ende bringen: die Tabletts für den nächsten Morgen herrichten, den Papagei mit dem alten Flannelunterrock zudecken und den Schinken für Vater auf den Esstisch stellen, damit er etwas zu essen hatte, wenn er spät abends nach Hause kam.

Bei Kerzenlicht las ich im Bett, dass Lord Pomeroy eigentlich kein Geist war, sondern seinem Bruder die untere Gesichtshälfte weggeschossen hatte. Ich wollte unbedingt wissen, wie es weiterging, hörte aber, dass Vater zurückkam und wusste, dass er an meiner Tür vorbeikommen würde, wenn er den Schinken gegessen hatte – deshalb durfte die Kerze nicht brennen.

Ich träumte, dass ich barfuß in einem verschneiten Garten herumlief und mir einen geöffneten Sonnenschirm über den Kopf hielt. Ein beinah quadratischer Politiker kam quer über die Terrasse auf mich zu. Er kam so nah, dass sich unsere Schultern berührten und Funken aus uns hervorblitzten. Aus den Bäumen drang leises Schreien und Stöhnen, als wären die Bäume Frauen, die Schmerzen hatten, und ich dachte: »Ich habe vergessen, den Papagei mit dem Flanell zuzudecken«, und wachte in meinem Bett auf.

Der verschneite Garten war für immer verschwunden, doch die Schreie waren immer noch zu hören.

Ich stand in meinem langen Morgenmantel, den Lucy mir aus einer Decke genäht hatte, auf dem Treppenabsatz und horchte. Die Schreie kamen aus Mutters Zimmer. Sie klangen furchtbar, und ich wünschte, ich hätte nie über den Lord von Pomeroy gelesen – vielleicht hatte man ihr nachts die untere Gesichtshälfte weggeschossen. Ich ging zu ihrer Tür, und obwohl Mutter ihren Glauben verloren hatte, rief sie Gott an und unter ihrer Tür sah man Licht. Dann ging ich hinein. Ihr Gesicht war zwar schmerzverzerrt und tränennass, aber unversehrt. Sie lag schmerzgerahmt in ihrem strahlenden Messingbett und sah mich zuerst nicht.

Ich rief »Mutter!« und da drehte sie sich um und blickte mich aus den Augenwinkeln an.

»Pst, Liebes, sag deinem Vater nichts«, flüsterte sie. »Du kannst nichts tun.«

Auch wenn sie es nicht wollte, weil ich vielleicht Lärm machen könnte, füllte ich kochendes Wasser in ihre steinerne Wärmflasche und brachte ihr ein Glas warme Milch; doch viel mehr konnte ich nicht tun, und sie lag da und wimmerte. Zu meiner großen Erleichterung nickte sie schließlich ein. Ich beobachtete sie im Gaslicht. Sie lag ganz verdreht unter der Wabentagesdecke und bewegte nur die eine Hand. Der Rest von ihr rührte sich nicht. Ich empfand großen Kummer, weil ich wusste, dass sie bald sterben würde und dass ihre kleine sanfte Gegenwart dann fort und ich mit Vater allein sein würde. Ich wollte sie nicht verlassen und saß bis zum Morgen bei ihr. Auf einem Holzstuhl sah ich ihren kleinen Unterrock und ein ziemlich graues, trauriges Korsett, das darauf wartete, getragen zu werden.

Das war ein paar Tage, bevor der Arzt kam. Gerufen hatte ihn mein Vater. Selbst er hatte bemerkt, dass mit Mutter etwas nicht stimmte. Als er sie ganz gekrümmt am Esstisch-Buffet stehen sah, brüllte er plötzlich: »Um Gottes Willen, Frau, lass einen Arzt kommen; und wenn er dich nicht in Ordnung bringen kann, geh mir aus den Augen!«

Sie kroch aus dem Zimmer, und ich hörte sie die Treppe wie ein Tier auf allen Vieren hinaufklettern. Es hörte sich irgendwie schrecklich an. Vater stand mit gespitzten Ohren da und biss sich auf den Schnauzbart, und als er hörte, dass sich die Schlafzimmertür schloss, verließ er das Haus beinah rennend. Er kehrte bald wieder zurück und schloss sich in sein Büro ein. Wenig später kam der Arzt.

Es war ein jüdischer Arzt, der weiter unten in der Straße wohnte. Er war alt und sah schmutzig aus, war aber nett. Nachdem er Mutter untersucht hatte, ging er ins Büro und sprach mit Vater, und ich hörte von der Küche aus, dass ihre Stimmen ernst klangen. Bevor er fortging, rief er mich in die Diele. Er sagte zu mir, Mutter liege im Sterben, und das einzige, was er tun könne, um ihr zu helfen, sei, ihr Medikamente gegen die Schmerzen zu geben. Ich war ihm so dankbar, dass er die Schmerztabletten erwähnt hatte und fasste ihn deshalb an der Hand und schüttelte sie pausenlos. Er versprach, eine Frau zu uns zu schicken, die Mutter pflegen und im Haushalt helfen konnte. Dann ging ich mit ihm in seine Praxis und holte die Arzneien ab, die Mutters Schmerzen lindern sollten. Der Bürgersteig war von der Sonne so heiß, dass ich ihn durch meine Schuhe spürte. Ich hatte ganz vergessen, dass draußen Sommer war.

Am nächsten Tag kam dann Mrs. Churchill. Ich öffnete ihr die Tür und da stand sie, alt und stämmig, mit einer Männerschirmmütze auf dem Kopf, sehr breitbeinig, mit zerknitterten Strümpfen. Sie sprach mit heiserer Stimme, die gefühlvoll und herzlich war.

»Ja, mein Liebes«, krächzte sie, »ich komme, um dir zu helfen, jetzt, wo deine Mutter so arm dran ist. Ist das hier die Küche, Schätzchen? Also, noch nie habe ich – was für eine niedliche kleine Ratte!« Sie streichelte den Mungo, der neben dem Herd an einen Stuhl gebunden war. Dann nahm sie die Mütze ab, und ich sah, dass sie rote Strähnen und rosa Kämme im Haar hatte. Wir gingen hinauf ins Zimmer meiner Mutter. Es schien bereits voll von Mutters Krankheit zu sein und roch nach Chlorodyne-Bonbons, doch fiel mir auf, dass Mutter fast hübsch wirkte und ich konnte mir gut vorstellen, wie sie ausgesehen hatte, als sie jung war. Ich hätte mich gar nicht richtig um sie kümmern können, weil Mrs. Churchill krächzte: »Oh, Sie Arme! Ich will es Ihnen bequem machen«, und sich dann auf das Bett stürzte, und es auseinandernahm. Kissen wurden gnadenlos bearbeitet und heißes Wasser für ein Deckenbad gebracht. Ich dachte, sie würde die Decken waschen, gewaschen wurde jedoch Mutter.

Mrs. Churchill mochte meine Mutter und, wie es schien, auch mich und die Tiere; Männer jedoch mochte sie nicht. »Um die will man sich nicht sorgen!«, sagte sie immer ganz verächtlich. Wenn Vater mit ihr sprach, schniefte sie gewöhnlich amüsiert und murmelte dann, kaum hatte er ihr den Rücken zugedreht: »Ist ja gut, ist ja gut, alter Schnauzer.« Sie sprach viel und blieb immer um Stunden länger, als sie eigentlich sollte. Sie erzählte mir von den Leuten, bei denen sie gedient hatte, als sie ein Mädchen war, und von ihren Hunden. »Unser Haus ist voller Hundehaare und das gefällt mir: Es ist gut für die Teppiche.«

Trotz der Hunde hatte sie anscheinend einen wunderbaren Garten, dessen Wege von zerbrochenem Porzellan gesäumt waren, alles in wunderschönen Farben. Bei einer Tasse Tee erzählte sie mir verträumt von jeder einzelnen Pflanze, die dort wuchs. »Habe ich dir schon von meinem kleinen alten Rebstock erzählt, den ich aus einem Traubenkern gezogen habe?« Oder: »Meine Sonnenblume ist zwölf Fuß hoch und wächst immer noch weiter – so wahr ich hier sitze.«

Kapitel Drei

Der Herbst kam, und Mutter starb immer noch in ihrem Zimmer. Weil Vater Angst vor ihrer Krankheit hatte und sie nie besuchte, war es dort friedlich. Jeden Montagmorgen bat er um ihr Portemonnaie. Ich überreichte es ihm – es war ganz schwarz und dünn und abgenutzt. Er legte vier Sovereigns[1] und vier Halbkronenstücke hinein, wonach das Portemonnaie wieder zum Leben erwachte. Es zu berühren war fast zu viel für ihn – deshalb ging er danach immer in die Praxis und wusch sich die Hände. Er veranlasste, dass ich Mutters warme Jacken und Mäntel fortschaffte, die in der Diele an Haken hingen; auch die heruntergetretenen Hausschuhe, die unter dem Küchenschrank standen, wurden in den Heizkessel geworfen, als wären sie Kakerlaken.

Weil ich fast immer allein kochen und einkaufen und mich um Mutter kümmern musste, wenn Mrs. Churchill nach Hause gegangen war, half uns jetzt

---

1 englische Goldmünze

ein Junge namens Hank mit den Tieren. Doch trotz dieser Hilfe konnte ich mich nicht so gut um Vater kümmern wie Mutter früher, und er schlug mich oft, weil der Speck angebrannt oder der Kaffee zu dünn war. Als ich einmal ein Hemd schlecht gebügelt hatte, ging er plötzlich wie ein Stier auf mich los, der bei Gewitter Sturm läuft, und schien das Hemd dabei mit dem Kopf hin- und herzuschleudern. Starr vor Angst hielt ich mich am Spülstein fest. Er kam direkt auf mich zu, und ich sah, dass das Weiß seiner Augen ganz rot war. Er trug nur Hose und Unterhemd und war fürchterlich behaart. Er packte die Hemdenärmel und versuchte, sie mir mit seinen großen, quadratischen Händen um den Hals zu binden, als der Papagei plötzlich mit seinem schrecklichen Gelächter anfing. Vater verließen augenblicklich die Kräfte und er stolperte aus dem Zimmer, während der Papagei weiterlachte.

Während der ganzen Zeit, in der Mutter krank war, war dies das einzige Mal, dass Vater wild wurde. Insgesamt war er ziemlich beherrscht und hielt sich so wenig wie möglich im Haus auf. Er erkundigte sich nie nach Mutter. Manchmal fing ihn der Arzt in der Diele ab, und dann musste er ihm zuhören. Doch gewöhnlich verließ er das Haus, wenn der Arzt kam.

Eines Morgens passierte etwas Fürchterliches. Ein Mann wollte Mutter für den Sarg vermessen, so als sei sie bereits tot. Er sagte, Vater habe ihn hergebeten. Mrs. Churchill schickte ihn fort, doch

Mutter rief immerzu »Wer war das? Wer war das?«, sodass wir uns etwas einfallen lassen mussten. Am Nachmittag machte sie einen noch schlechteren Eindruck, sie wimmerte und stöhnte und ließ sich nicht trösten. Die Leute, die mit ihren Hunden und Katzen in der Diele warteten, konnten sie hören. Es war wie ein furchtbares Symphonieorchester – Mutters traurige Laute, das kreischende Gelächter des Papageis, das Heulen und Bellen der Hunde, und im Hintergrund das klagende Miauen des Katzenchors. Vater kam mit grauem Gesicht aus der Praxis und zischte mir ins Ohr: »Bring sie zum Schweigen! Ich kann diese Laute nicht ertragen. Ich halte es einfach nicht aus!«

Ich ging nach oben in Mutters Zimmer, wo Mrs. Churchill ihr mit der Zeitung Luft zufächelte. Die Herbstsonne strahlte durch einen Vorhangsspalt, und ich sah, dass Mutters Gesicht tränennass vor Schmerz war, obwohl sie die Augen geschlossen hatte. Ich wollte ihr unbedingt helfen, konnte aber nichts tun. Ihre Medikamente hatte sie bereits genommen und auch der Arzt war schon da gewesen.

»Ach, Mrs. Churchill, was können wir nur tun?«, rief ich verzweifelt.

Sie gab mir einen ermutigenden Klaps mit der Zeitung und sagte: »Gräm dich nicht, Liebes. Hol doch wieder den alten Arzt. Der kann vielleicht etwas gegen ihre Schmerzen tun.«

Ich rannte aus dem Haus und war sehr erleichtert, vor die Tür zu kommen und Mutters Schmerz nicht mehr um mich zu haben. Auf dem Bürgersteig lagen die ersten ganz gelben und noch feuchten Herbstblätter. Durch das Eisengeländer sah man blasse Michaelistags-Gänseblümchen, doch im Garten des Arztes gab es auch die ersten rosa Chrysanthemen, die bitter und nach Winter rochen. Ich zog die Glocke. Sie hing an einer Kette und hatte einen Griff, auf dem ZIEHEN stand, als handelte es sich um eine Klosettspülvorrichtung. Weil das Haus einem Arzt gehörte, dachte ich, dies sei vielleicht internationaler Standard. Der Arzt öffnete mir die Tür höchstpersönlich. Er trug bereits seinen dunklen Mantel, und die Sonne, die ihm ins Gesicht fiel, zeigte, wie alt und müde er war. Er blinzelte mich kurz an und sagte: »Der Mutter geht's nicht so gut? Wie schade, du armes Ding«, dann brachte er mich in die Diele. »Ich hole nur schnell was, das ihr helfen wird. Warte hier, Liebes.« Er deutete auf einen kleinen Holzstuhl, dessen Sitzfläche die Form eines Schilds hatte, in den etwas geschnitzt war. Seine Diele war viel größer als unsere und der Boden war mit vielfarbigen Fliesen ausgelegt. Ein Perlenvorhang verbarg den Teil der Diele, der in die Küche führte. Ein Garderobenständer mit geschnitzten Löwenköpfen, die Ringe im Maul trugen, faszinierte mich, doch bevor ich sie mir richtig ansehen konnte, kam der Arzt aus seiner Praxis spaziert und wir verließen das Haus zusammen.

Die Leute mit den Hunden und Katzen waren alle gegangen und auch Vater war fort; doch der

Papagei begrüßte uns mit schrillen Schreien und der kleine Hank stapfte mit einem Korb schmutzigen Strohs an uns vorbei. Aus Mutters Zimmer drang kein Laut. Als wir nach oben gingen, sahen wir, dass sie fast schlief, auch wenn ihre eine Hand auf der Tagesdecke zuckte. Der Arzt blickte auf ihr kleines, verhärmtes Gesicht hinab, das immer noch tränennass war, dann öffnete er seinen Koffer und spritzte ihr etwas in den Arm. Er gab mir eine Schachtel Tabletten, die sie nur nehmen sollte, wenn sie starke Schmerzen hatte. Er sagte, für ein, zwei Stunden werde sie tief und fest schlafen – die Hand hielt sie bereits ganz still.

»Warum holst du ihr nicht ein paar Blumen und Obst? Damen mögen kleine Aufmerksamkeiten, wenn sie krank sind.« Er blickte sich in ihrem trostlosen Zimmer mit dem durchhängenden Messingbett um. Zwar konnte ich an dem Zimmer nichts ändern, schämte mich aber wegen der Blumen. Ich hätte welche kaufen können, aber es war mir gar nicht in den Sinn gekommen – niemand schenkte Mutter je Blumen. Und natürlich hätte sie Trauben bekommen sollen. In Büchern hatten Kranke immer Trauben oder Pfirsiche neben dem Bett. Als der Arzt gegangen war, blickte ich das schwarze Portemonnaie an. Es war noch nicht dünn und flach. Also eilte ich zum Markt, wo Blumen und Obst in den Ständen leuchteten. Statt der üblichen »Katzenhappen« und des ewigen Kohls war es wirklich eine Abwechslung, einmal schöne Dinge zu kaufen.

Mrs. Churchill war gegangen und als Mutter aus ihrem Tiefschlaf erwachte, war ich allein mit ihr. Sie sah ihren Wasserkrug mit den Goldruten und starrte sie erstaunt an.

»Hat dein Vater die dort hingestellt?«, fragte sie. Als ich ihr sagte, sie seien auf Verordnung des Arztes gekauft worden, wirkte sie enttäuscht. Dann entdeckte sie die dunkelroten Trauben in einem runden Weidenkörbchen und war ziemlich verblüfft. »Hat die auch der Arzt verordnet?«, fragte sie. »Hoffentlich wird dein Vater nicht böse.«

Vater kam nicht nach Hause, also konnte ich mit Mutter Tee trinken. Ich fand ein Häkeldeckchen für ihr Tablett und schnitt Brot und Butter sehr dünn. Ich sah ihr an, dass ihr das gefiel. Sie schien kaum noch Schmerzen zu haben und es ging ihr besser als in den vergangenen Wochen, auch wenn sie vor sich hin träumte. Zwar aß sie die Trauben nicht, betrachtete aber dauernd sehnsüchtig die Goldruten, als würde sie die viel lieber essen wollen.

»Auf dem Bauernhof wuchsen die Goldruten wild. Auch Michaelistag-Gänseblümchen – sie waren dunkelviolett, nicht wie die armseligen, mickrigen aus London, die man hier sieht. Der Boden in London ist sauer, genau wie das Leben, das ich geführt habe. Ach Alice, du hast hier so viel verpasst! Ich hatte so eine glückliche Kindheit auf dem Bauernhof. Es war harte Arbeit, doch diese Arbeit war gut und befriedigend. Und was für eine Freude, wenn man unerwartet ein Nest mit Eiern an einem seltsamen Ort fand. Zu Anfang des Jahres hatten wir Lämmer in der Küche. Wie sie an der Flasche zogen! Sie zu füttern war meine Aufgabe. Ich machte auch die Butter, und las dabei ein Buch. Wenn mein Arm irgendwann unerträglich wehtat, veränderte sich das Geräusch im Butterfass plötzlich. Dann wusste ich, dass die Butter entstand. Unter den Bäumen rings um den Bauernhof wuchs tiefgrünes Moos, und im Sommer und manchmal bei Regen zog ich meine Stiefel aus und ging barfuß darauf. Es gab keine Straße zum Bauernhof, doch wir benutzten die kleinen Bahngleise, die zu den Schieferminen auf dem Berg gehörten. Meine Aufgabe bestand darin, die Schafe von den Gleisen zu holen, wenn ich einen Güterwagen kommen hörte.«

Sie wandte sich von den Goldruten ab und fasste meine Hand mit ihrer Katzenpfötchenhand und rief: »Liebe Alice, ich möchte dich nicht mit ihm hier allein lassen. Ich würde ja nach Hause schreiben und darum bitten, dass sie dich aufnehmen, doch keiner von meiner Familie ist mehr am Leben. Vater und Mutter sind kurz nach deiner Geburt gestorben. Der Schnee hat Vater getötet. Als er die Mutterschafe und ihre Lämmer aus dem tiefen Schnee rettete, stürzte er und verletzte sich an den Felsen darunter. Ein paar Tage später starb er. Ich sehnte mich danach, nach Hause zu gehen und Mutter zu trösten, doch dein Vater hat es mir nicht erlaubt; als sie dann ein paar Monate später an einem inneren Leiden starb, stritt er mit meinen Brüdern um die Erbschaft. Es gab nur den Bauernhof und dass meine Brüder ihn bekamen, war richtig und korrekt. Ich besaß bereits hundert Pfund, die mir meine Oma hinterlassen hatte. Das war meine Mitgift. Ich glaube, wegen der Mitgift hat dein Vater um meine Hand angehalten. Auch der Post-Evans wollte mich. Er hätte mich auch ohne das Geld gerne genommen, doch meine Eltern zogen ihn nicht in Betracht. Aber als Euan Rowlands, der Tierarzt mit dem königlichen Blut der Cadwalladers in den Adern, um mich anhielt, fanden sie das sehr gut. Er war großartig und klug, doch ich hatte immer Angst vor ihm. Wenn wir an einem wunderschönen, glücklichen Tag über die Heide gingen und alle Insekten summten, erzählte er mir plötzlich von einer Schildkröte, der er den Kopf vom Körper abgetrennt hatte, während das arme Ding noch lebte. Das sei Bestandteil eines Experiments gewesen, sagte er, doch es war grausam. Das Leben auf dem Bauernhof ist oft hart für die Tiere, aber nicht von solcher Grausamkeit.«

Sie lag in den Kissen versunken und schloss ein paar Minuten lang die Augen; es sah aus, als schliefe sie, doch dann schlug sie ihre traurigen, steinernen Augen wieder auf und sprach weiter: »Ich hätte unsere Hochzeit gerne abgesagt, wollte aber meine Eltern nicht enttäuschen. Im Frühjahr heirateten wir – am St. David's Tag. Die Kapelle war mit Lauch und Narzissen geschmückt.

Ich werde den überwältigenden Lauchgeruch nie vergessen und hatte seitdem nie wieder Lauch im Haus. Dein Vater mag ihn, glaube ich, auch nicht besonders. Wir hatten eine Wohnung über einem Geschäft in Blaenau Ffestiniog, einem grauen, schieferartigen Ort, doch in gewisser Hinsicht war ich dort recht glücklich. In der Küche war ein Wasserhahn und ein gelber Spülstein. Ich hatte noch nie Wasser aus einem Hahn fließen sehen und drehte ihn hundert Mal am Tag auf. Dein Vater war damals nur der Gehilfe von Davis, dem Tierarzt. Und er beklagte sich ganz schön, wenn der alte Davis das Pferd nahm und er zu Fuß gehen musste! Wenn er nach Hause kam, musste ich ihm die Stiefel aufbinden, und ich weiß noch, dass er mir einmal in seiner Wut ins Gesicht trat, und mir dabei die Schneidezähne einschlug. Hinterher tat es ihm leid, und am nächsten Tag kaufte er mir einen großen Pelzmuff, aber es gefiel mir nicht, dass ich schiefe Zähne hatte und allen erzählen musste, ich sei die Treppe hinuntergefallen oder irgendsowas. Lieber hätte ich keinen Muff gehabt und dafür gerade Zähne.«

Sie fuhr mit dem Finger über ihre armen eingeschlagenen Zähne und fuhr fort: »Habe ich dir von der kleinen Miss Thomas erzählt, die deinen Vater immer kommen ließ, damit er ihre Dandie Dinmonts behandelte? Das waren seltsame kleine Hunde mit silbernem Fell, das wie Rauch auf ihren Köpfen hochstand. Dergleichen habe ich seitdem nie wieder gesehen. Den alten Davis ließ sie nicht zu ihren Hunden; nur deinen Vater. Und dann begann er abends zu ihr zu gehen und sie spielten zusammen Karten; also saß ich allein zu Hause, nur in Gesellschaft des Wasserhahns, und man konnte nicht den ganzen Abend damit zubringen, das Wasser auf- und zuzudrehen. Der Bauernhof war fast zehn Meilen weit fort, und ich konnte nicht zu Fuß dorthin gehen und am selben Abend wieder zurück. Ich saß also allein zu Hause und dachte daran, wie mich meine Brüder abends zur Post mitgenommen hatten. Dort traf sich das ganze Dorf, und wir saßen immer auf Bänken und redeten und sangen; die Männer redeten über Politik, und wir Mädchen über die kleinen Beträge, die wir für unsere Hochzeit beiseite legten – selbst die Mädchen, die noch keinen Liebhaber hatten, legten etwas auf die hohe Kante. Manchmal gesellte sich der Pfarrer zu uns und dann sprachen wir über Gemeindeangelegenheiten und beschlossen den Abend mit Hymnensingen. Ich sang liebend gerne, obwohl meine Stimme dünn und schwach war. Meine Brüder zogen mich immer auf und nannten mich Singmaus.

Als ich die traurige Einsamkeit eines Abends nicht mehr aushielt, ging ich zu Miss Thomas' kleiner Villa am Stadtrand. Durch die Spitzenvorhänge des Salons sah ich sie dann, Euan und Miss Thomas. Dein Vater saß in einem Sessel, rauchte eine Zigarre, und sah aus, als sei er dort zu Hause; und Miss Thomas klimperte auf dem Klavier herum, während die Kerzen in den Kerzenhaltern herunterbrannten. Und ich stand im Vorgarten und blickte wie eine Voyeurin durchs Fenster. Damals war ich bereits mit dir schwanger und meinen Mann so vertraut im Salon einer anderen Frau sitzen zu sehen, war traurig. Er trug sogar bunt bestickte Pantoffeln, wie ich sie noch nie gesehen hatte – ganz sicher hatte Miss Thomas sie selbst angefertigt. Eines muss ich jedoch sagen: Auch wenn er es sich gemütlich gemacht hatte, schien ihm Miss Thomas' pingeliges Geklimpere auf die Nerven zu gehen. Obwohl sie die Hände kreuzte, wenn sie ›The Maiden's Prayer‹ spielte, war es keine richtige Musik. Als ich sie mir ansah, musste ich unweigerlich denken, dass sie wie eine alte Henne aussah, die nur noch für den Kochtopf in Frage kam – eine gerupfte, ziemlich gelbe alte Henne. Sie hatte einen dürren Hals, als hätte man ihn ihr schon umgedreht. Ich stand am Fenster und beobachtete sie durch die Spitzenvorhänge. Plötzlich blickte Miss Thomas zum Fenster hoch und sagte etwas zu deinem Vater. Dann sprang sie vom Klavierschemel auf, durchquerte das Zimmer und zog den Vorhang zu. Alles, was ich dann noch sah, waren rosa Vorhänge, durch die das Licht schien.

Ich sah Miss Thomas nie wieder. Kaum eine oder zwei Wochen später wurde sie von einem durchgegangenen Brauereipferd getötet, das Bierfässer zog. Nicht das Pferd, sondern eines der Bierfässer tötete sie: Es rollte vom Wagen und zerquetschte sie vollständig. Sie war sehr schmächtig, und ein Bierfass war zu viel für sie. Die Arme! Sie war Mitglied des Abstinenzvereins, der zusammenlegte und ihr einen schönen, zu einer Harfe geflochtenen Veilchenkranz schickte.«

Mutter hielt inne, und ich wusste, dass sie an den Tod dachte, der jetzt so nah für sie war, und ich glaube, wir hofften beide, dass man ihr ein, zwei Kränze zukommen lassen würde. Dann fuhr sie fort:

»Ich habe dir sicher schon erzählt, Alice, dass dein Vater mit dem Geld von Miss Thomas in der Lage war, dieses Haus und die Praxis zu kaufen. Sie hat ihm alles hinterlassen. Damals war das ein ziemlicher Skandal. Den Leuten in Blaenau gefiel das gar nicht; doch sie konnten ihm das Geld auch nicht wegnehmen. Das Testament war beglaubigt und alles hatte seine Ordnung, und dann hatte dein Vater nur noch einen Gedanken, nämlich nach London zu ziehen. Ich glaube, dass das ein Irrtum war, und dass er sich von London falsche Vorstellungen machte. Er war nur einmal in einer Droschke vom Victoria Bahnhof nach Paddington gefahren, und muss im Kreis gefahren sein (der Droschkenkutscher wollte natürlich Geld verdienen), weil er den Buckingham Palace und St James' und Piccadilly und Oxford Street und die Edgeware Road sah. Er dachte, London sei überall so – große Häuser und breite Straßen, und falls es Slums gab, dann irgendwo in der Nähe der Docks. Per Inserat suchte er eine Tierarztpraxis und bekam Antwort von einem Herrn, der eine gut gehende Praxis zwischen Clapham und Battersea hatte, was in den Ohren meines Vaters gut klang. Der Preis für das Haus, inklusive allem anderen, erschien vernünftig. Das Inserat versprach ein geräumiges, gut möbliertes Haus, und Euan dachte, vor dem Haus stünden hohe Säulen und eine schöne Treppe führe zu einer hübschen Eingangstür. Ich weiß noch, dass wir am Euston Bahnhof ankamen und es so dunkel war, dass ich dachte, es regnete. Als wir den Bahnhof dann verließen, sah ich, dass der Himmel gelblichschwarz war. Solch einen Himmel hatte ich nie zuvor gesehen, und das Gelb jagte mir Angst ein. Anfangs waren die Straßen so eng und erbärmlich, dass Euan dachte, wir seien am falschen Bahnhof ausgestiegen und gar nicht in London. Dann gelangten wir zu ein paar besseren Straßen, sahen aber nirgends einen Palast, nur ein paar große Möbelgeschäfte. Nach den Möbelgeschäften wurde es besser – bis wir den Fluss überquerten.

Der Fluss überraschte mich: Er war so breit und schmutzig und voller Boote. In der Nähe der Brücke war ein großer schwarzer Schiffsrumpf vertäut, auf dem alte Grabsteine und Kreuze errichtet waren. Er kam einem vor wie eine Art schwimmender Friedhof, nur dass die Grabsteine so dicht beieinander standen, dass sie die Toten kaum trösten konnten.

Dann kamen wir in die armen Straßen, die erbärmlich und eng waren. Euan saß zusammengesackt in der Droschke. Aller Stolz war von ihm gewichen und ich wagte nicht, etwas zu sagen. Die Fahrt kam mir endlos vor, doch dann gelangten wir zu einem steilen Berg. Ich hatte zunehmend das Gefühl, dass es besser wäre, bis zum Gipfel hinaufzufahren, doch stattdessen bogen wir in eine Nebenstraße, unter der Eisenbahnüberführung hindurch und kamen nach Glenmore Terrace. Ach, dein Vater war so enttäuscht! Das Haus entsprach seinen Erwartungen überhaupt nicht. Der Arme! Er schleppte sich von einem Zimmer zum nächsten und war tief enttäuscht. Aber eine kurze Zeit lang war er mir gegenüber aufmerksam, bis er die Praxis auf die Beine gestellt hatte, schenkte er mir Aufmerksamkeit, und wandte sich dann interessanteren Dingen zu. Vermutlich war ich ebenfalls eine Enttäuschung …«

Ihre Stimme wurde immer leiser, als verschwände sie einen Gang hinunter, und kehrte dann plötzlich zurück:

»Das Foto wurde aufgenommen, als wir zum ersten Mal hierher kamen. Dein Vater wollte keinem bei sich zu Hause sagen, dass er es schlecht getroffen hatte, und hielt es daher für eine gute Idee, ihnen ein Foto von uns zu schicken, auf dem wir wirken, als lebten wir auf großem Fuße, und es war wirklich ein wunderschönes Bild. Aber es macht mich traurig, deshalb habe ich es weggetan. Ich möchte jedoch, dass du es bekommst, Alice. Wir sitzen in einer Theaterloge mit drapierten Quastenvorhängen, und Euan trägt einen Hausrock aus Samt und eine Fliege, und meine Haare sind ganz aufgeplustert und ich habe ein Opernglas in der Hand. Es war ein reizendes Foto, aber die Loge war natürlich nicht echt: Sie war im Fotoatelier nachgebaut worden und man musste ein paar Stufen hinaufsteigen. Ich glaube, sie wurde manchmal als Kanzel verwendet, auf der sich der Klerus fotografieren ließ, weil dort ein Gebetbuch lag, das man statt dem Opernglas nehmen konnte.«

Ich dachte, Mutter sei eingeschlafen, doch dann fing sie an, über die Berge zu reden.

»Die Hügel und Berge habe ich all die Jahre sehr vermisst. Die Sonne verschwand immer ganz plötzlich hinter den Gipfeln und die Wolken verhedderten sich darin. Manche sind dunkel und voller Bäume; andere sind eher felsig und mit Heidekraut bedeckt, in dem im Sommer die Insekten summen; dann gibt es noch die Berge, die ich immer Bücherberge genannt habe, weil sie aus flachen Schieferstücken bestehen, wie aufgestapelte graue Bücher von Riesen. Im Weiher am Bauernhof wuchs dunkelbraunes Moos; und einmal sah ich ein kleines Kind an der Oberfläche treiben. Das Mädchen war tot, aber ich hatte keine Angst, weil es dabei so rein aussah, mit offenen Augen und einer blauen Schürze, die sich leicht bewegte. Es war Flora, ein kleines Mädchen, das drei Tage lang vermisst worden war … Die kleine Miss Thomas hatte eine Porzellanschüssel auf dem Fenstersims stehen, in der lauter große bunte Glasmurmeln waren … seltsam, dass eine unverheiratete Dame so etwas besitzt, aber … ich habe es gesehen …«

Kapitel Vier

Ein Inder mit Turban holte den Mungo ab und steckte ihn unter seinen Mantel. Die Küche war danach viel ordentlicher: Wenn ich in Eile war, kickte ich keine Unterteller mit Milch mehr über den Fußboden. Weil der Inder dachte, ich sei nett zu seinem Mungo gewesen, schenkte er mir eine Flasche Parfüm; aber das stimmte gar nicht, und deshalb schenkte ich die Flasche an Mrs. Churchill weiter, die das kleine Geschöpf wirklich gemocht hatte. Auch das Parfüm mochte sie, was ein Glück war, weil Vater ihre Gefühle verletzt und sie »schmutzige alte Hexe« genannt hatte, als er sah, wie sie den Praxisboden mit ihrer über den Schrubber gestülpten Schirmmütze polierte.

Die Blumen in Mutters Zimmer lebten noch, und sie lag recht ruhig da und betrachtete sie. Am Abend zuvor hatte sie so viel geredet, dass sie jetzt erschöpft war, selbst um die Trauben zu essen, war sie zu müde, auch wenn ihr der Gedanke, dass sie dort lagen, glaube ich, gut gefiel. Der Arzt kam, und konnte Vater auf dem Weg nach draußen in der Diele abfangen. Sie gingen zusammen ins Esszimmer, und während ich das Fleisch für die Tiere vorbereitete, konnte ich die Donnerstimmen der beiden hören. Der kleine Hank holte die Schüsseln nacheinander ab. Er war winzig klein, vielleicht weil er nicht genug zu essen bekam. Seine Mutter war eine arme holländische Witwe, die irgendwie in Clapham gestrandet war, und Hank war der älteste ihrer fünf Jungen. Oft sah ich, wie er hinter der Tür Hundefutter mampfte, und einmal auch einen rohen Hering. Seine Mutter kam manchmal an unserem Haus vorbei und dann sah ich sie mit dem Hut auf ihrem ungekämmten Hinterkopf und alle ihre kleinen Jungen, die zu groß aussehende Stiefel trugen, trappelten hinter ihr her. Bestimmt waren ihre Absätze aus Eisen, weil sie nämlich eher wie Pferdchen klangen.

Am Nachmittag kam Lucy vorbei. Sie sagte, ihre Mutter habe sie aus dem Haus geschickt, weil sie im Eiltempo Trauerkleidung genäht habe und ihr davon die Augen wehtäten. Traurig sagte sie mir mit den Händen: »Ich möchte nicht auch noch mein Augenlicht verlieren, wo ich doch schon nicht hören und sprechen kann.« Doch beim Tee in unserer Küche wurde sie wieder guter Dinge und erzählte mir, sie werde eine Schneiderlehre in einem großen Geschäft in Bayswater machen. »Weißt du, Mutter gibt das Schneidern auf und das ist meine große Chance. Sie fertigen dort sogar Roben.« Dann zog sie ein Wahrsagemessband hervor, das uns immer wieder zum Lachen brachte. Mein Taillenmaß lautete »Nächstes Jahr«, und mein Handgelenk »Er liebt dich«, und meine Nase »ein Matrose«, und mein Kopfumfang »Du wirst überrascht sein«. Wir lachten noch, als ich Vater hereinkommen hörte und wusste, dass unsere glücklichen Stunden vorbei waren und ich Lucy schnell aus dem Haus lassen musste. Ich hörte, wie er in die Praxis ging, und das war für Lucy die Gelegenheit zu flüchten. Als wir durch die Diele gingen, sahen wir seinen schwarzen Lederkoffer auf dem Tisch stehen. Manchmal kam das Braun unter dem Schwarz hervor, und dann rieb Mutter ihn mit schwarzer Schuhcreme ein. Wenn etwas davon an die Griffe kam, gab es Ärger, weil Vaters Handschuhe dann schmutzig wurden, die eigentlich gelb sein sollten.

Als Vater aus der Praxis kam, war Lucy fort. Statt in die Küche zu kommen und Tee zu verlangen, ging er nach oben und zu meinem Erstaunen in Mutters Zimmer. Seit sie krank war, war er kein einziges Mal bei ihr gewesen. Ich konnte es kaum glauben. Ich stand unten an der Treppe und hörte ihre Stimmen. Ich glaube, sie sagte: »Das ist nicht recht. Ach Euan!« Und später dann: »Sei bitte nett zu Alice. Das Beste wäre, wenn sie von hier fortgehen würde.« Vater schrie nicht und war auch nicht wütend – seine Stimme war sogar sehr ruhig –, deshalb ging ich in die Küche und grillte zwei Kotelettes und zwei halbierte Tomaten, echte englische.

Das erkannte ich daran, dass das kleine grüne Ding, das man abmachen muss, frisch und tomatig roch.

Vater kam nach unten und ging in die Praxis. Obwohl er riechen konnte, dass das Essen bald gar war, verließ er das Haus beinah auf der Stelle. Später bin ich dann zu Mutter hinaufgegangen, doch sie schlief und war nur ein Hügel in ihrem Messingbett. Es war still im Haus. Selbst die Tiere taten keinen Mucks, und ich sehnte mich beinah nach dem fürchterlichen Gelächter des Papageis. Vater kam nicht wieder und Mutter schlief immer noch. Ihr Atem ging jetzt schwer. Ich hatte dauernd das Gefühl, ihn auch in den anderen Zimmern zu hören und sehnte mich danach, dass Mrs. Churchill mir etwas über ihre Blumen erzählte. »Eine große Dahlie mit Streifen, Liebes, zwölf Inch Durchmesser – und weitere neun Knospen. Hab ich dir von meinen Chrysanthemen erzählt, die ich aus Ablegern gezüchtet habe? Ein Parkwächter hat sie mir überlassen«, würde sie verträumt bei einer Tasse mahagonifarbenen Tees sagen; während ich fast hypnotisiert und seltsam getröstet auf ihre rosa Haarkämme starren würde. Keine Mrs. Churchill sprach mir Trost zu, aber als ich die Hunde zum Beinheben an die rote Brücke führte, wurde mir besser, weil ich nämlich Leuten begegnete, die den Berg hinaufgingen. In einer Gaslampe zirpten ein paar Grillen, oder vielleicht stimmte auch etwas mit dem Gas nicht, doch ich hoffte, dass es Grillen waren. Als ich in unsere Straße einbog, meinte ich, eine Gestalt winke mir von der Treppe aus zu und hatte wieder Angst, es könne etwas Schreckliches sein. Die Gestalt krümmte und drehte sich wie ein fürchterlicher Schatten. Ich rief »Ich komme«, doch sie krümmte und drehte sich weiter, und meine Beine versagten den Dienst. Als ich näherkam, sah ich, dass es in Wirklichkeit der Schatten einer großen Flagge war, die jemand in seinem Garten an einen Pfosten genagelt hatte, und die in der Nacht wehte und flatterte.

Ich ging ins Haus und sperrte die drei Hunde in ihre Käfige. Normalerweise jaulten sie anfangs, doch an diesem Abend legten sie sich ruhig auf ihr Stroh und rollten sich ordentlich ein. Ein alter weißer Hahn mit einem geschwollenen Auge steckte den Kopf durch die Hühnerstallstäbe, und ich gab ihm ein paar Maiskörner, die er mir aus der Hand pickte. Er war das Haustier eines Kindes und für einen Hahn sehr zahm – viel zahmer als der Papagei, der mich bei jeder Gelegenheit zwickte und nach mir hackte. Dann deckte ich den Papagei mit dem Flannelunterrock zu. Jetzt mussten nur noch die Tabletts für den nächsten Tag hergerichtet werden, doch ich blieb weiter bei den Tieren, weil ich nicht wollte, dass das Atmen das ganze Haus erfüllte.

Als ich die Treppe hinaufstieg, hörte ich das Atmen wieder – jetzt, da im ganzen Haus Stille herrschte. Ich ging zu Mutter ins Zimmer. Sie schlief immer noch. Ihr Gesicht war gerötet und sie atmete sehr laut. Ich schüttelte sie, auch wenn das grausam klingt; doch sie wachte nicht auf und ihr schwerer Atem wurde sogar noch lauter. Ich wusste nicht, ob das etwas Gutes bedeutete, oder ob ich mitten in der Nacht den Arzt holen sollte. Ich wünschte sogar, Vater würde nach Hause kommen und mir Anweisungen geben. Am Ende stopfte ich ihr Kissen unter den Rücken, damit sie nicht ersticken konnte und ging ins Bett. Selbst bei geschlossener Tür schien man ihren Atem zu hören.

Ich war so müde, dass ich fast so fest schlief wie Mutter, doch drang ein rasselnder Schnarchlaut in meine Träume. Plötzlich wurde ich wach und wusste, dass er aufgehört hatte. Ringsum war es ganz still. Dann hörte ich, wie Vater zurückkam und in sein Zimmer hinaufschlich, obwohl die Nacht fast vorüber war und es schon hell wurde.

Als ich das nächste Mal wach wurde, war es schon Vormittag und ich begriff, dass ich verschlafen hatte. Ich hörte bereits Vaters Stimme, und ein paar Leute liefen auf der Treppe auf und ab. Halb angezogen machte ich die Tür einen Spalt weit auf. Ich sah eine fremde Frau, die einen Emaileimer in der Hand hielt. Sie ging zu Mutter ins Zimmer und machte die Tür fest zu. Als ich angezogen war, ging ich nach unten. Ich war darauf gefasst, dass es Ärger geben würde, weil ich Vaters Frühstück nicht in sein Zimmer gebracht hatte. Er war bereits unten im Esszimmer und redete mit jemandem. Als ich dort vorbeiging, öffnete der kleine alte Arzt plötzlich die Tür. Er winkte mich mit seiner gelben, faltigen Hand zu sich und sagte: »Komm mal her, kleines Fräulein, ich muss mit dir sprechen.«

Ich ging zu ihm ins Zimmer, wo die Sonne eine Himmelsleiter quer durch den Raum warf. Vater lehnte mit dem Rücken zu mir am Kaminsims, und seine Kleider, die normalerweise schön glatt waren, hatten lauter Falten, als hätte er angezogen geschlafen. Der Arzt fing an, mir Fragen zu stellen. Ob ich meiner Mutter eine von den Schmerztabletten gegeben hätte? Was genau habe sie nach seinem gestrigen Besuch zu sich genommen? Wann ich sie das letzte Mal gesehen hätte und wie mein Eindruck von ihr gewesen sei? Ich beantwortete die beiden ersten Fragen, doch bei der dritten Frage fing ich an zu weinen und sagte, mir sei klar geworden, dass ich ihn hätte rufen müssen. Ich versuchte, ihm meine Verwirrung zu erklären, und dass ich nicht gewusst hätte, was das Beste für sie sei. Ich erzählte ihm von ihrem Atem, und dass ich mir nicht sicher gewesen sei, ob ich ihn tatsächlich hörte oder ihn mir nur einbildete, weil ich Angst hatte. Ich sagte ihm, dass ich Mutter Kissen unter den Rücken gestopft und sie aufzuwecken versucht hätte. »Sie ist doch nicht erstickt?«, wimmerte ich. »Bitte sagen Sie nicht, dass sie erstickt ist. Ich habe eine fremde Frau gesehen, die heißes Wasser brachte: Wenn sie erstickt wäre, bräuchte sie das doch gar nicht?«

Da sagte mir der Arzt, dass Mutter im Schlaf gestorben sei und dass ich sie nicht hätte retten können. Er tätschelte mich mit seinen alten faltigen Händen und versuchte mich zu trösten, indem er mir erklärte, dass sie sehr gelitten hätte, wenn sie noch zwei, drei Wochen gelebt hätte, und mehr sei ihr sowieso nicht beschieden gewesen.

Als ich aus dem Zimmer stolperte, hatte ich einen fürchterlichen Gedanken, der mich mit Grauen erfüllte. Vielleicht hatte Vater Mutter etwas zum Einschlafen gegeben, so wie er die Tiere einschläferte, die der Vivisektionist für seine Experimente nicht brauchte. Mutter war wirklich eingeschlafen, doch den Tieren hatte man Gift auf die Zunge geträufelt, obwohl Vater das »Einschläfern« nannte.

Am Vormittag kam ein Mann, um Mutter für den Sarg auszumessen. Es war derselbe Mann, den wir zwei Tage zuvor fortgeschickt hatten.

Kapitel Fünf

Drei Tage später wurde Mutter begraben. Auf ihrem Sarg lag ein Kranz aus weißen Chrysanthemen. Mrs. Churchill kaufte eine schöne Glasglocke, unter der Blumen namens »Immortellen« waren, die für immer auf Mutters Grab liegen würden, falls »diese verflixten Buben nicht Steine darauf schmissen«. Vater war auf der Beerdigung und ging dann fort. Ein junger, gesund aussehender Mann vertrat ihn in der Praxis: Sein Gesicht war glücklich und haarig, und sein Körper wirkte wie ein Baumstamm. Er blinkerte mit seinen großen, fast runden blauen Augen, weswegen ich ihn insgeheim Blinkers nannte, obwohl er eigentlich Henry Peebles hieß. Er war der erste Mann, der mich höflich und rücksichtsvoll behandelte. Das fiel mir auf, doch damals war mir das gleichgültig, weil ich mich so traurig und verloren fühlte, dass Freundlichkeit alles nur noch schlimmer machte.

Blinkers kümmerte sich zusammen mit Hank um die Tiere und Mrs. Churchill sah nach dem Haus und den Mahlzeiten; einzig das Einkaufen musste ich übernehmen. Mrs. Churchill sagte mir, was ich kaufen sollte, und Vater hatte, bevor er ging, eine Menge Geld in Mutters altes Portemonnaie getan.

Ich glaube, es war das erste Mal, dass ich Zeit hatte. Trübselig träumend schlenderte ich in Clapham und Battersea durch die Straßen. Ich weiß noch, wie ich in die Schaufenster von ein paar Läden für Damenmode in Übergröße blickte, aus denen grinsende, ansehnliche Matronen in formlosen Kleidern mit ihren Glasaugen zurückblickten. Ich ging durch den Clapham Common Park, wo bereits Herbstfeuer brannten, obwohl die Blätter gerade erst anfingen abzufallen, und immer noch Eistüten verkauft wurden. Ich erwachte aus meinem Trübsalstraum und hörte den Rednern zu. Ich verstand nicht, worüber sie sprachen, nur, dass sie über irgendetwas verärgert waren. Ich lauschte der Heilsarmeekapelle, vor der ich mich irgendwie fürchtete. Schreckliche Gedanken darüber, dass Vater Mutter eingeschläfert haben könnte, schossen mir durch den Kopf, und mir war danach, sie zur Musik laut herauszuschreien.

In Battersea fand ich eine schöne, friedliche Kirche am Fluss. Ich glaube, sie hieß St Mary's. Dort hatte ich keine Angst. Sie hatte nur einen kleinen Kirchhof, in dem ich jedoch gerne saß und den Lastkähnen hinterherschaute und dem Fluss zuhörte. Manchmal waren Lastkähne an den Kirchhofmauern festgemacht und appetitanregende Gerüche durchdrangen die Herbstluft. Ich mochte den Battersea Park lieber als Clapham Common, weil es dort mehr Blumen gab und ich immer wieder neue Ecken entdeckte, von denen ich nichts gewusst hatte. Ich fand ein reizendes, künstliches Flüsschen mit verwildertem Ufer.

In den ersten Wochen nach Mutters Tod muss ich meilenweit gelaufen sein. Zu Hause zu sitzen und an sie zu denken, konnte ich einfach nicht ertragen.

Das Haus war voller trauriger, kleiner Erinnerungen an sie – ein Einkaufsnetz, das schlaff an der Küchentür hing; ein Wahrsagebuch in der Buffetschublade; ein Farn am Esszimmerfenster, der eingegangen war, weil sie sich nicht mehr um ihn hatte kümmern können; außerdem ein kleiner schwarzer Handschuh, um den sich eine der Kordeln verheddert hatte, die Mutter immer aufhob. Solche Kleinigkeiten lagen überall herum.

Seit ihrem Tod war ich nicht mehr in ihrem Schlafzimmer gewesen. Mrs. Churchill hatte es sauber gemacht und gesagt, bis Vater wieder da sei, müsse es abgeschlossen bleiben. »Er wird ihre Sachen durchsehen wollen«, sagte sie mit heiserem Flüstern; dann schloss sie die Tür ab und legte den Schlüssel auf Vaters orgelartigen Schreibtisch.

In der staubigen Stechpalme im Vorgarten lebte ein Amseljunggeselle. Mutter hatte ihn sehr geliebt. Im Frühling sang er immer wie verrückt, in der Hoffnung, ein Weibchen anzulocken, was ihm nie gelang, und Mutter hatte sich übertriebene Sorgen um ihn gemacht und immer verärgert gesagt: »Wenn er doch endlich statt in der verflixten Stechpalme auszuharren in den Clapham Common fliegen würde! Dann würde er eine Frau finden. Er kann doch nicht erwarten, dass ein Vogel in einem Bett aus schmutzigen Stechpalmen nisten will.« Die Amsel sang immer noch in der Stechpalme, doch Mutter war nicht mehr am Leben.

Nachts war ich ganz allein im Haus. Obwohl ich mir die Bettdecke über den Kopf zog, hörte ich ein fürchterliches Knarren auf der Treppe, und manchmal dachte ich, jemand flüstere neben meinem Bett. Ich fragte Mrs. Churchill, ob sie bei mir bleiben und mir Gesellschaft leisten könne; aber sie sagte, ihr Mann wolle nicht, dass sie über Nacht fortbleibe, und sie hatte »den Jungen von unserer Vera« bei sich wohnen, solange seine Mutter im Krankenhaus war. Eines Nachts fingen die Hunde an zu bellen und zu jaulen, und ich dachte, jetzt sei etwas Schreckliches geschehen. Ich lag zitternd im Bett, und hatte zu große Angst, nachzusehen, ob das Haus brannte oder ob Einbrecher durch das Vorratskammerfenster krochen. Am nächsten Morgen stellte ich fest, dass der Käfig mit dem alten, augenkranken Hahn zu Boden gefallen war, und dass der arme Vogel mausetot war.

Drei Wochen nach Mutters Beerdigung kam Vater zurück nach Hause.

Kapitel Sechs

Vater kam nachmittags an, war aber nicht allein. Er hatte eine große blonde Frau bei sich. Wenn sie lächelte, rollte sie mit den Augen. Vater sagte: »Das ist Miss Fisher – Rosa Fisher. Sie führt mir ab jetzt den Haushalt, was für dich eine große Hilfe sein wird. Mrs. Churchill ist doch sicher noch da? Dann sag ihr, sie soll Miss Fisher ein Zimmer zurechtmachen«.

Der Droschkenkutscher lud das letzte Gepäckstück in der Diele ab, Vater bezahlte ihn und schlug die Haustür zu, als eine deutsche Band vor dem Haus gerade »Land of Hope and Glory« anstimmte. Er ging in die Praxis und ich blieb allein mit Miss Fisher. Über den Höllenlärm hinweg sagte sie: »Ich freu' mich so sehr, dich kennenzulernen, Liebes. Dein lieber Vater hat mir von dir erzählt. Er spricht viel von seinem kleinen Mädchen.« Sie schnitt beim Reden Gesichter und Grimassen, und sprach so affektiert, dass es schwer war, ihren Worten zu folgen. »Meinst du, ich kann in mein Zimmerlein hochgehen, Liebes, und meine Sachen ausziehen? Dass es noch nicht fertig ist, macht ja nichts. Ich weiß nicht, ob du mich erwartet hast.«

»Nein«, sagte ich zu ihr, »ich habe Sie nicht erwartet.«

Wir gingen nach oben, an meinem Zimmer vorbei. Ich hatte beschlossen, dass sie das keinesfalls bekommen würde und Mutters Zimmer auch nicht, das zudem noch abgeschlossen war; und Vater würde sie auch nicht in seinem schönen, großen Schlafzimmer haben wollen. Also blieb nur das kleine Zimmer, in dem die Nähmaschine und die Schneiderpuppe standen. Ich machte die Tür auf und sah, dass es zur Hälfte mit Schrankkoffern und Kisten angefüllt und ganz staubig war. In einer Ecke stand ein kleines Bett, auf dem eine dünne, zu einer Wurst aufgerollte Matratze lag. Außerdem standen dort ein paar Stühle und ein Tisch. Doch die Kleider ließen sich nirgends verstauen. Als Miss Fisher das Zimmer sah, zuckte sie zusammen, stieß einen kurzen Schrei aus und schlug sich mit der Hand an die Brust.

»Mein Gott, diese Puppe hat mir einen ganz schönen Schreck eingejagt!« Voller Abscheu betrachtete sie das Zimmer und sagte: »Ich kann mir kaum vorstellen, in so einem Zimmer zu schlafen. Ich spreche mit deinem Vater. Und jetzt würde ich gern dein Zimmer sehen, Liebes, wenn ich darf.«

Ich weigerte mich, es ihr zu zeigen und rannte nach unten zu Mrs. Churchill, um sie um Rat zu fragen.

Mrs. Churchill holte Teeutensilien vom Buffet, den breiten Rücken zur Tür gedreht und die Beine so weit auseinander, dass ich plötzlich dachte, sie seien von außen an ihrem Körper befestigt, wie man es bei Puppenbeinen oft sieht. Als ich mit ihr sprach, drehte sie sich rasch um. Ich sah, dass sie mir große Neuigkeiten zu vermitteln hatte.

»Weißt du denn überhaupt, wer das ist?«, krächzte sie. »Das ist Rosa aus der ›Trompete‹ – die, die im Esssaal bedient und manchmal an der Bar aushilft. Haushälterin, was für ein Quatsch! Sie ist eine Dirne, wie sie im Buche steht.«

Ich sagte Mrs. Churchill, dass es für die Dirne aus der »Trompete« kein passendes Zimmer gebe, und dass sie anscheinend ein Auge auf meines geworfen hatte. »Ich würde es ja abschließen, aber es gibt keinen Schlüssel«, sagte ich bitter. Dann sperrten wir die Ohren auf und hörten, wie sie alle Türen öffnete, auch die von meinem Zimmer, nur das Zimmer von Mutter ließ sie aus, da es ja noch abgeschlossen war. Dann kam sie die Treppe herunter und ging zu Vater in die Praxis, wo er gerade mit seiner Vertretung sprach. Wir hörten ihn deutlich sagen: »Geh raus, siehst du nicht, dass ich zu tun habe? Mach dir eine Tasse Tee oder so was.« Als sie in die Küche kam, war erst einmal alle Zuneigung von ihr gewichen, und sie war nur noch eine lange dünne Frau, die sich ziemlich verloren und vor den Kopf gestoßen fühlte. Sie legte den Hut ab und stand in der Tür und fingerte an den künstlichen

Kirschen herum, mit denen er dekoriert war. Hinterher habe ich herausgefunden, dass sie mit Watte gefüllt waren, und zwar, weil ich eine auseinandernahm, als Miss Fisher zum ersten Mal ohne ihren Kirschhut aus dem Haus ging.

Sie stand in der Tür und blickte auf ihren Hut hinunter, und Mrs. Churchill wollte von ihr wissen: »Nun, Rosa Fisher, was tun Sie hier?«

»Wenn Mr. Rowlands will, dass ich ihm den Haushalt führe, dann geht Sie das gar nichts an – jetzt, wo er ein armer Witwer ist.«

»Armer Witwer, so ein Quatsch! Wenn Mrs. Rowlands wüsste, dass jemand wie Sie in ihrem Haus ist, würde sie sich im Grab umdrehen! Sie verziehen sich jetzt – zurück in die ›Trompete‹, wo Sie hingehören.«

Mrs. Churchill stapfte zum Gasofen und zündete die Flamme unter dem Kessel an, was irgendwie den Eindruck erweckte, dass die Küche ihr gehörte. Miss Fisher ging weg und schrie: »Das werden Sie noch bereuen. Am Ohr wird man Sie hinauszerren und rauswerfen, Sie alte Bulldogge!«

Vater kam aus der Praxis und sie gingen zusammen ins Esszimmer und dann nach oben. Ich hörte Vater sagen: »Es ist egal, welches Zimmer du hast, weil du dort sowieso nicht oft sein wirst, was, Rosa?« Sie kamen die Treppe herunter und Vater sagte mir, ich solle Tee machen und frische Eier kochen. »Und du kannst Miss Fisher die Küche zeigen und ihr alles erklären.« Er nickte Mrs. Churchill zu und deutete ruckartig mit dem Daumen nach hinten über seine Schulter. Als sie zusammen aus der Küche gingen, sah ich, wie sie die Ärmel hochkrempelte, als wollte sie mit Vater kämpfen, doch als sie wiederkam, weinte sie. Zum Glück saß Miss Fisher bereits im Esszimmer vor der besten Porzellanteekanne und wartete auf Vater.

Vater hatte Mrs. Churchill zum Ende der Woche gekündigt. Wir sprachen beim Tee leise darüber. »Vor allem die Undankbarkeit geht mir an die Nieren. Nach allem, was ich für deine Mama getan habe. Ich würde mich noch heute Abend für immer verabschieden, aber dann müsste ich dich bei diesem Flittchen lassen.«

»Ach, Mrs. Churchill, lassen Sie mich jetzt nicht mit den beiden allein!«, jammerte ich. »In einer Woche ist sie vielleicht wieder fort, und dann wäre alles wieder wie immer; und Sie könnten mir von Ihrem Garten erzählen und vom Jungen Ihrer Tochter und Miss Fisher wäre bald vergessen.«

»Meine Güte! Das war das Stichwort: Ich muss ihr das Zimmer herrichten. Sie bekommt das von deiner Mama, aber erst, wenn es renoviert ist und wir die ganzen Sachen von deiner Mama in die Abstellkammer geschafft haben. Kommt mir nicht richtig vor, dass ihre armen Sachen so behandelt werden.«

Am selben Abend fingen wir an, Mutters Zimmer auszuräumen. Ihre schlaffen, kleinen Kleider im Schrank hängen zu sehen, machte mich traurig. Ich hatte vergessen, wie klein Mutter war. Für Miss

Fisher waren sie eindeutig zu klein – sie in Mutters Kleidern zu sehen, wäre schrecklich gewesen. Da war der Muff, den Vater ihr geschenkt hatte, als sie jung verheiratet waren. Er roch jetzt nach alten Bären. Dann standen dort mehrere spitze, schwarze Stiefel mit Knopfleisten an der Seite und abgetragene Slipper mit großen Schnallen, und ein alter Seehundfellmantel, der ihrer Mutter gehört hatte. Als es Abend wurde und wir alle ihre Sachen auf das Bett im Abstellraum gehäuft hatten, hörten wir Vater, der im Begriff war, mit Rosa Fisher auszugehen, und Mrs. Churchill sagte: »Haushälterin, dass ich nicht lache!«

Mrs. Churchill machte das Bett und ging nach Hause, und ich blieb in Mutters Zimmer und leerte die Schubladen in große Kartons und in einen sogenannten Gladstonekoffer. Dann zündete ich mit einem Streichholz die Gaslampe an, die grünliches Licht auf ihre Hemdhosen, ihre Mieder und Unterröcke warf, die jetzt nicht mehr gebraucht wurden, und die betrübt und schlaff dalagen; und in ihrem Messingbett, in dem sie so gelitten hatte, würde Miss Fisher liegen und mit den Augen rollen. Die kleinen oberen Schubladen waren voller kleiner Dinge, die Mutter geschätzt und gesammelt hatte – weiße Ziegenlederhandschuhe, die völlig unbenutzt aussahen, und verblichene Familienfotos; ein Gebetsbuch in weißer Zelluloidhülle und ein mit Muscheln geschmücktes Kästchen mit einem Nadelkissen in der Mitte und ein paar Schmuckstücken im Inneren: Broschen, in denen Haare waren, große Silbermedaillons, die einst Fotos enthielten, und ein kleines mit Heidekraut gefülltes Herz aus Gold. Ich verstaute die Fotos im Muschelkästchen mit dem Schmuck und brachte es in mein Zimmer. Dann fand ich das Foto von Mutter und Vater, die beide elegant gekleidet in der nachgebauten Theaterloge saßen: Mutter sah so hübsch und sanft aus und Vater so rechtschaffen und großartig. Der Gedanke, dass die Aufnahme erst ungefähr sechzehn Jahre alt war, kam mir schrecklich vor. Ich versuchte mich zu erinnern, ob ich sie je normal hatte miteinander sprechen hören, doch es gelang mir nicht; ich konnte mich nicht einmal mehr daran erinnern, ob sie das Haus je gemeinsam verlassen hatten. Als ich klein war, nahm Mutter mich manchmal für ein paar Stunden aufs Land mit oder zum Wimbledon Common, doch Vater kam nie mit. Er behandelte Mutter, als sei sie verachtenswert und nahm keinerlei Kenntnis von mir. Als kleines Kind durfte ich ihm nicht in die Quere kommen, und die einzige gemeinsame Mahlzeit, die wir zusammen einnahmen, war das Mittagessen. Mutter sagte einmal, vielleicht wäre es anders gewesen, wenn ich ein Junge gewesen wäre. Aber wenn ich daran denke, dass er Mutter gleich zu Anfang der Ehe die Schneidezähne eingeschlagen hatte, war es geradezu eine Gnade, dass er mich ignorierte, sonst hätte ich womöglich ein Blumenkohlohr oder sonst etwas Entstellendes abbekommen.

Arme Mutter! Ich brachte ihre restlichen Sachen in den Abstellraum und ging ins Bett; doch gerade als ich anfing zu träumen, kamen Vater und Rosa Fisher zurück. Sie waren, glaube ich, in einem Varietétheater gewesen, denn sie sang ein Lied und lachte gleichzeitig, und ich meinte, auch Vater lachen zu hören. Als sie an meiner Tür vorbeikamen, sagte sie: »Wir dürfen das kleine Mädchen nicht aufwecken.« Dann stand sie offenbar kurz draußen und ich hörte sie rufen: »Du hast gesagt, sie sei ein bisschen naiv. Doch sie scheint mir hellwach zu sein, ein bisschen zu helle für meine Begriffe.« »Ach, mach dir keine Gedanken um sie«, kam die Antwort, »sie folgt aufs Wort.« Dann hörte ich ein Schlurfen und Rosa fing an zu kichern und sie verschwanden zusammen in Vaters Zimmer. Am Morgen befand sie sich in ihrem eigenen Zimmer, weil sie mich nämlich rief und um eine Tasse Tee bat. Als ich ihn brachte, sagte ich: »Würden Sie ihn nicht lieber in Vaters Zimmer trinken?« »Nein, er zieht sich jetzt an«, erwiderte sie gähnend. »He, was meinst du damit, du freches kleines Gör?«

Ich rannte nach unten in die Küche und obwohl ich mich morgens gewaschen hatte, fühlte ich mich plötzlich schrecklich schmutzig und elend. Was Mrs. Churchill gesagt hatte, hatte mir irgendwie klar gemacht, dass Vater und Rosa Fisher zusammen schliefen, und ich wusste, dass das etwas Schmutziges und Schlechtes war. Doch ich schämte mich, so keck und frech darauf hinzuweisen. In Zukunft würde ich es ignorieren und versuchen, nicht daran zu denken und es bestimmt nicht zu erwähnen.

Als ich mir die Tränen vom Gesicht wusch, hörte ich die Haustürklingel und dachte, es sei Mr. Peebles, der meinen Vater vertrat. Ich hoffte, er würde nicht bemerken, dass ich geweint hatte, doch war er, selbst wenn er es bemerkt hatte, so höflich und respektvoll wie eh und je und strahlte mich mit seinem freundlichen, glücklichen Gesicht an. Ich gab ihm eine Tasse Tee, die viel zu lange gezogen hatte, und wir wechselten ein paar Worte in der Küche, doch als wir gerade zusammen lachten, fiel mir Vaters Frühstück ein. Mr. Peebles bot mir seine Hilfe an, doch ich schickte ihn zu den Tieren. Jetzt, wo ich mit jemandem, der freundlich war, gelacht und ein bisschen geredet hatte, fühlte ich mich gleich viel besser.

Die Maler kamen und Mutters Zimmer wurde ganz rosa, und bekam Vorhänge mit Rosen darauf, und auch auf dem Waschbecken und dem Krug waren Rosen. Ich dachte, dass das Mutter sehr gefallen hätte; aber es war, als hätte es sie nie gegeben. Das Zimmer nannte man jetzt Miss Fishers Zimmer.

Rosa Fisher und Mrs. Churchill gemeinsam im Haus zu haben, war schrecklich, weil sie dauernd stritten. Obwohl ich Mrs. Churchill gerne mochte, war ich froh, als sie ging, und die Beleidigungen, die von Zimmer zu Zimmer gebrüllt wurden, endlich aufhörten, ebenso wie das fürchterliche Schweigen.

Als sie ging, hatte sie Tränen in den Augen. Sie gab mir ihre Adresse, die sie mit Bleistift auf einen malvenfarbenen Umschlag geschrieben hatte – falls ich je Hilfe benötigen sollte – »weil mir scheint, dass du, mein liebes armes Kleines, keinen einzigen Freund auf der Welt hast«.

Doch Mrs. Churchill war nicht mein einziger Freund. Auch Mr. Peebles wollte mein Freund sein. An dem Tag, als er ging, hatte er mir das gesagt. Ich hielt es für reine Höflichkeit, doch ein paar Tage später stand er vor der Tür und fragte mich, ob ich am kommenden Sonntag einen Ausflug im Wagen machen wolle. Obwohl ich wusste, dass Vater mich halb totschlagen würde, wenn er es herausfände, willigte ich ein. Wir verabredeten uns vor der »Trompete«, weil man dort das Pony und den Einspänner mieten konnte; doch als er fort war, wünschte ich, wir hätten keinen so öffentlichen Platz gewählt. Genau genommen wurde mir jedes Mal angst und bange, wenn ich an den Sonntag dachte. Die Tage schienen schneller zu vergehen als normalerweise, und bald war es Sonntag.

Es war ein strahlender Oktobertag und fast so warm wie im Sommer. Alles lief wie am Schnürchen. Keinem fiel auf, dass ich die Küchenuhr eine viertel Stunde vorgestellt hatte, damit das Mittagessen früher vorbei war. Rosa Fisher half mir ein bisschen in der Küche, doch den Großteil des Vormittags saß sie am Tisch und las die *News of the World*, die sie, kaum waren wir mit dem Essen fertig, mit in ihr rosa Zimmer nahm, um weiterzulesen und sich auszuruhen. Ich spülte ein bisschen Geschirr, versteckte den Rest im Ofen und schlich in mein Zimmer hinauf, um mich umzuziehen. Lucys Mutter hatte mir, als Mutter starb, ein schwarzes Kleid aus Wollserge genäht, zu dem ein schwarzes Jäckchen gehörte. Es wirkte etwas düster, doch Schnitt und Passform waren ausgezeichnet und es brachte mein helles Flachshaar zur Geltung. Ich kleidete mich sorgfältig an und ging nach unten, doch als ich an der Esszimmertür vorbeikam, rief Vater »Alice!« und da dachte ich schon, mein schöner Nachmittag würde mir genommen. Damit Vater nicht sah, dass ich mich umgezogen hatte, streckte ich nur den Kopf aus der Tür. Er saß im Ledersessel und sah schrecklich mürrisch aus, kaute nur auf seinem Schnauzbart herum und blickte durchs Fenster auf die schmutzige Stechpalme. Da es schien, als hätte er mich vergessen, wollte ich mich davonstehlen, doch in dem Augenblick drehte er langsam den Kopf und sagte mit ernster, tonloser Stimme: »Wo gehst du hin?« Weil mir nichts anderes übrigblieb, als ihn anzulügen, kreuzte ich meine Finger (es heißt, dass es dann nicht so schlimm sei) und sagte: »Nur ein bisschen spazieren – mit Lucy, falls sie zu Hause ist.« Er wandte den Blick wieder zum Fenster und murmelte vor sich hin, dass ich um halb fünf zum Tee zurück sein solle. Dann drehte er sich plötzlich blitzschnell zu mir um und schrie: »Ist mir völlig wurscht was du tust, scher dich zum Teufel!«

Das tat ich. Ich rannte aus dem Haus und tanzte fast durch die Straßen. Als ich zur »Trompete« kam, stand der Einspänner bereits dort und Mr. Peebles sprach mit dem Pferdeknecht. Er half mir in den Wagen und obwohl es ganz warm war, wickelte er eine Reisedecke um mich, und dann fuhren wir nach Wimbledon Common. Ich konnte auf die Köpfe der Leute hinunterblicken, und hatte das schöne, runde Pferdehinterteil vor mir, in dessen Mitte der wunderbare, lange schwarze Schweif herabhing. Wir fuhren so schnell, dass ich den Hut auf meinem Kopf festhalten musste, was mich daran erinnerte, wie ich vor Jahren einmal Karussell fuhr. Ich war schon in geschlossenen Droschken und Straßenbahnen gefahren, aber noch nie in einem offenen Einspänner, und ich sagte Mr. Peebles immer wieder, wie herrlich es sei. Dann genierte ich mich plötzlich vor ihm, weil es mir unpassend vorkam, vor jemandem, der fast ein Fremder war, so viel Freude zu zeigen. Also fuhren wir schweigend dahin; doch wir waren beide immer noch glücklich.

Am Common angelangt, fuhren wir zur Windmühle, ließen den Einspänner dort stehen und tranken auf dem waldigen Hang in der Nähe Tee. Mr. Peebles hatte sich mit dem Tee große Mühe gemacht. Er hatte Gurkensandwiches vorbereitet und kleine, glasierte Kuchen mitgebracht und einen Kessel und einen Spirituskocher. Beim Anblick des Kessels hätte ich lieber ein Freudenfeuer gemacht und ihn dort überkochen lassen, doch Mr. Peebles sagte, das sei verboten. Also nahmen wir Brennspiritus und brachen keine Gesetze, außer demjenigen, dass ich um halb fünf zurück sein musste. Der Tee bewirkte, dass wir uns beide zu Hause fühlten. Mr. Peebles bat mich, ihn bei seinem Vornamen anzureden, der Henry lautete. Ich erzählte ihm lachend, dass ich schon einen Namen für ihn hätte – Blinkers, und ihn deshalb von jetzt an Henry Blinkers nennen würde. Wegen des Namens wirkte er ziemlich verstimmt, lachte aber am Ende mit. Doch mir wurde klar, dass ich gemein und unhöflich gewesen war, und ich hatte Schuldgefühle, weil ich den ganzen Nachmittag über gedacht hatte: »Wie glücklich ich bin! Wäre es doch nur jemand, der gut aussah und romantisch war, sodass ich stolz auf ihn sein konnte, und nicht bloß der langweilige, alte Blinkers, der wie Baumrinde aussieht und mit Tweed und Lederknöpfen bedeckt ist!« Eigentlich war er gar nicht langweilig – denn er konnte durchaus interessant erzählen –, aber er hatte ein rundes fröhliches Gesicht, und seine blinkernden Augen waren ebenfalls rund.

Beim Teetrinken hörten wir einen Specht, den ersten, den ich je gehört hatte, und dann schallte lautes Gezeter aus den Bäumen und ein paar rötliche Vögel flogen heraus, größer als Tauben. Blinkers sagte, es seien Eichelhäher, die eine Menge Schaden anrichteten, aber ich fand sie schön: Einen sah ich hüpfend und tanzend auf einer niedrigen

Mauer entlangspazieren. Ich kannte Wimbledon Common von früher, hatte es aber nie so genossen. Blinkers kannte die besten Stellen, an denen kaum Leute waren. Wir gingen durch den Wald mit den sich verfärbenden Blättern – Reiter galoppierten an uns vorbei und eine verschlafene Schlange glitt durch die Sonne (eine Blindschleiche, die nur dem Namen nach langsam war[2]). Wir kamen an einen kleinen Fluss mit hohen Ufern, die mit rostrotem Sauerampfer und Blutweiderich geschmückt waren, der zu einer Art Distelwolle verblüht war. Das Wasser floss zwar schnell, war aber trotzdem bräunlich und enthielt weder Wasserpflanzen noch Fische noch sonstiges Leben. Blinkers sagte, die Fabriken hätten das Wasser verschmutzt. Ich nahm das Abendgezwitscher der Vögel wahr und auf einmal wurde es kalt. Ich erinnerte mich an zu Hause. Wir gingen eilig auf dem Schlackereitweg unter den Bäumen zurück. Als wir zur Windmühle kamen, waren die meisten Motorfahrzeuge und Kutschen schon fort, und der Junge, der auf unser Pferd aufgepasst hatte, sah unglücklich aus, bis Blinkers ihm ein Sixpencestück und die Kuchen mit Zuckerguss gab, die noch übrig waren. Ich fütterte das Pferd mit Sandwiches, von denen ich die Gurkenscheiben entfernt hatte.

Weil ich sehr besorgt war, dass Vater mir tatsächlich etwas Fürchterliches antun könnte, war

2 Engl. slow-worm [Anm. d. Ü.]

die Rückfahrt für mich nicht so vergnüglich wie die Hinfahrt. Ich malte mir aus, wie er nach mir trat, bis ich einen Buckel hatte oder mein Gesicht ganz zermatscht war. Blinkers war sehr beunruhigt und wollte mich nach Hause fahren und mit mir ins Haus kommen, doch ich wusste, dass danach alles noch schlimmer für mich werden würde und ich wollte auch nicht vor ihm gedemütigt werden.

Als wir uns vor der »Trompete« verabschiedeten, sagte er, er werde in den nächsten ein, zwei Wochen nicht in London sein, sich aber bei mir melden, sobald er zurückkomme. Auch wenn er nicht gut aussah, war ich froh, dass ich nicht ganz allein war.

Als ich nach Hause kam, war alles dunkel und leer. Doch als ich das Gas in der Diele anzündete, fing der Papagei an zu lachen und zu kreischen, die Hunde jaulten, die Katzen miauten leise, und das Haus erwachte wieder zum Leben. In der Küche stand ein Tablett mit schmutzigem Teegeschirr. Ich berührte die Teekanne. Weil sie kalt war, ging ich davon aus, dass alle längst aus dem Haus gegangen waren und wusste, dass ich in Sicherheit war. Ich hatte das Gefühl, mir sei eine große Last von der Brust genommen worden. Während ich schnell alle Vorhänge zuzog, sah ich, dass Blinkers auf der anderen Straßenseite stand und das Haus beobachtete. Ich lächelte und winkte ihm.

Kapitel Sieben

Als ich mit Rosa Fisher allein im Haus war, kamen wir ganz gut miteinander aus, obwohl sie mich die ganze Arbeit machen ließ. Sie selbst saß auf dem Küchentisch, zeigte ihre schönen, harten Beine und sah mir beim Arbeiten zu. Anfangs sprach sie mit ihrem gequälten, kultivierten Akzent, doch schon bald brach ihr schallendes Gelächter hervor und in den Winkeln ihrer rollenden Augen bildeten sich Fältchen. Ihre Sprache war oft, was man obszön nennt, aber in dem Moment, wo sie etwas Verblüffendes sagte, wie »Ach, ich mag dicke Lippen wirklich sehr«, wechselte ihre Miene vollkommen und sie klagte mit dem Gesichtsausdruck eines traurigen Clowns: »Ach, ich hatte ja auch ein schweres Leben!« Dann stöhnte sie, weil wir kein Wohnzimmer hatten und das Haus »den Scheißviechern überlassen wird«. Der Papagei war bereits in die untere Toilette verbannt worden und hatte aus lauter Langeweile große Löcher in den Boden genagt.

Wenn Vater zu Hause war, hasste mich Rosa und schrie: »Geh mir aus dem Weg, du flennendes Miststück!« Sie eilte in der Küche umher und kochte, was Vater schmeckte – Kalbskoteletts mit Pilzen und Gerichte, an die Mutter nie gedacht hätte. Es roch wunderbar, aber ich durfte nie mitessen. Sie nahmen ihre Mahlzeiten im Esszimmer ein und ich musste mir selbst etwas kochen und in der Küche essen. Tag für Tag wurde ich mehr zu einer Dienstmagd, und das machte Vater, glaube ich, ein bisschen zu schaffen. Einmal sah er mich in der Diele beim Putzen auf dem Boden herumkriechen und sagte: »Steh auf! Knie niemals nieder, Mädchen – außer zum Beten!«

Lucy sah ich nur selten, weil wir beide arbeiteten. Lucy machte jetzt eine Lehre im Bayswaterladen und hatte zwar am späten Abend frei, doch war das genau die Zeit, zu der ich den enormen Berg an Geschirr und Küchenutensilien spülen musste, den Rosa mir schmutzig hinterließ. Manchmal traf ich mich am Sonntagnachmittag mit Lucy und dann gingen wir zum Clapham Common. Junge Männer wollten uns gerne begleiten, doch meistens hatten sie schlechte Zähne und grauenvolle Gesichter unter ihren Schirmmützen, sodass wir sie verschmähten und alleine spazierengingen und nach dem herabgefallenen Laub traten. Obwohl wir beide siebzehn waren und gleichaltrig, hatte mich Lucy plötzlich überrundet. Sie sprach über die Mädchen im Nähraum, und obwohl sie die Mädchen nicht hören und nicht mit ihnen sprechen konnte, schien sie genau zu verstehen, was vor sich ging und redete vielsagend und fast ordinär über sie, was mich ziemlich schockierte.

»Unsere Einkäuferin, Miss Burt, glaubt, sie sei Gräfin Rotz. Du solltest sehen, wie sie in unseren Arbeitsraum rauscht, die Brust geschwollen wie ein Schwan. Und der Fahrstuhlführer, oh, das ist ein ganz Kecker! Der versucht den Mädchen unter die Röcke zu schauen, wenn sie nach oben gehen. Bei mir hat er es noch nicht versucht, aber ich gehe auch nicht oft die Treppe hoch – unser Arbeitsraum ist im Keller. Eine Menge Mädchen sind verkrüppelt – von den Näherinnen. Sie kommen morgens mit großen Krücken, wie Hexen auf ihren Besen. Ich bin lieber taubstumm als lahm.«

Ich erzählte ihr von Mr. Peebles und sagte sogar, er sei beinah gutaussehend. Doch sie war kein bisschen beeindruckt und sagte, ich solle mir eine Arbeit suchen, zu der ich aus dem Haus müsse, das würde meinen Horizont erweitern. Nun ja, Rosa Fisher erweiterte meinen Horizont bereits ganz beachtlich und das gefiel mir kein bisschen, doch von zu Hause wegzukommen, hätte mir behagt. Manchmal erschien mir das Leben, das ich führte, so hoffnungslos und so traurig, dass ich versuchte, mir vorzustellen, ich sei in einer anderen Welt. All die trübseligen braunen Dinge in der Küche verwandelten sich dann in große exotische Blumen, und ich war in einer Art Dschungel, und wenn der Papagei aus seinem Toilettengefängnis rief, war er kein Papagei, sondern ein großer, weißer, schreiender Pfau. Ich sah riesige fast schwarze Blätter vor dem flammenden Himmel, zwischen denen die Sonne wie goldene Schwerter hervorstrahlte. Und ich konnte die Hände ausstrecken und die Wärme spüren. Der Duft der Blumen, fast wie Pfingstrosen, drang ebenso zu mir wie der Duft nach fremder feuchter Erde.

Dann rief Rosa und verlangte mehr Kohle, oder das Gas musste angezündet werden. Ich war wieder in der Küche und es war beinah dunkel und roch nach ausgeblasenen Kerzen.

Als Vater eines Tages aus dem Haus gegangen war, und ich an der offen stehenden Esszimmertür vorbeikam, sagte Rosa »Komm, erzähl mir was, Liebes«. Ich ging zu ihr und sah, dass sie den Affenschädel mit dem Doppelgebiss kaputt gemacht hatte. Als sie sah, dass ich die trockenen Stückchen betrachtete, die im Kamin lagen, lachte sie. »Du nimmst mir das doch nicht übel?«, rief sie auf einmal. »Wer will schon Tag und Nacht von einem Affenschädel angestarrt werden? Ich habe deinem Vater gestern gesagt, was er damit machen könnte, und das hat ihm kein bisschen gefallen«, sagte sie mit schallendem Gelächter. »Du weißt schon, was ich meine, Liebes, nicht wahr? Ach, was für ein Haus! Papageien in der Herrentoilette und Affenschädel im Esszimmer. Und dann dieser Teppich. Nichts weiter als ein altes Hundefell.« Und dann fuhr sie mit ihrer »kultivierten« Stimme fort: »Doch, ganz im Ernst, mein Liebes, ich will mit dir reden. Weißt du, dass du einen männlichen Bewunderer hast?«

Ich dachte, sie meinte Mr. Peebles, doch es war jemand ganz anderes.

»Der Oberkellner des Clarence Hotels – ein ganz Netter, den magst du bestimmt. Und weißt du was – er hat mir einen doppelten Brandy spendiert und die ganze Zeit von dir geredet. Er hat dich mit den Hunden gesehen und ist ganz begeistert von dir. Er mag schlanke Mädchen, sagt er, aber dein Haar hat es ihm besonders angetan. Gott, was er alles gesagt hat!« Sie rollte mit den Augen und lachte in sich hinein. »Na, hast du kein Interesse?«

Ich hatte kein Interesse, nur Angst. Rosa redete jeden Tag über meinen Bewunderer, den Oberkellner, und jeden Tag hasste ich ihn mehr. Wenn ich mit den Hunden nach draußen ging, beeilte ich mich immer. Und eines Tages kam er dann. Kaum war er hinter einem Briefkasten aufgetaucht, war ich mir sicher, dass er es war. Er trug ein fürchterliches grünes Livree, und keinen Hut auf seinem schmierigen schwarzen Haar. Und er sah nicht mal aus wie ein Kellner. Eher wie ein Fahrstuhlführer, und fast genauso, wie ich mir den Fahrstuhlführer vorstellte, von dem Lucy sagte, er blicke den Mädchen unter die Röcke. Ich sah, wie er mich vom Briefkasten aus angrinste und dann auf mich zukam. Ich rannte los und hörte ihn gleichzeitig lachen. Obwohl ich mich in den Hundeleinen verhedderte, konnte ich entfliehen, und als ich mich umsah, war er verschwunden. Aber mir war, als hörte ich sein Gelächter immer noch. Danach ließ ich die Hunde vom kleinen Hank ausführen, und obwohl sie ihn oft zu Boden rissen und er mit blutenden Knien zurückkam, bestand ich fest darauf. Wenn ich dann sah, wie die verkümmerte kleine Gestalt mit den Hunden, die ihn in alle Richtungen zogen, den Berg hinunterstapfte, kam ich mir manchmal herzlos vor.

Als Rosa den Oberkellner wieder erwähnte, der den schrecklichen Namen Cuthbert hatte (»Vor dir möchte er aber Bertie heißen«), sagte ich zu ihr, ich hätte ihn gesehen, er habe eine Livree getragen und sei abstoßend gewesen. Doch sie lachte nur. »Er ist natürlich ein Oberkellner; das hat er mir selbst gesagt, und wir haben ausführlich über Weine und so was gesprochen. Er ist ein echter Gentleman und du kannst dich glücklich preisen. Ehrlich gesagt habe ich es auch mit ihm versucht, aber er schien sich nur für dich zu interessieren. Er mag wohl vor allem junge Mädchen – andererseits bist du wirklich hübsch. Du musst dich nur ein bisschen schicker anziehen und dir Locken machen. Irgendwann probiere ich das mal mit meiner Lockenschere.« Dann kam Vater nach Hause und sie vergaß den scheußlichen Cuthbert – zumindest erwähnte sie ihn nie vor Vater.

Eines Morgens besuchte Henry Peebles Vater, um ihn zu bitten, einen Vortrag vor ein paar Tiermedizinstudenten zu halten. Er sagte oft, Vater sei der brillanteste Tierarzt, mit dem er je zusammengearbeitet habe. Ich konnte sehen, dass er Vaters Arbeit bewunderte, wenn auch nicht Vater als Mann. Überrascht sah ich, wie sich Vaters düstere, strenge Miene bei dem Vorschlag erhellte, und wie lebhaft er wurde, als er den Vortrag mit Mr. Peebles besprach.

Ich fütterte einen Wurf Irischer-Setter-Welpen. Alle zehn Hündchen bekamen separate Unterteller, um sicherzustellen, dass jedes die richtige Menge Milch erhielt. Weil die Hündchen gerade erst lecken lernten und die Milch schnell kalt wurde und dann wieder aufgewärmt werden musste, war dies eine langwierige Prozedur. Aber wenn sie auf ihren wackeligen Beinen standen und sich gegenseitig die milchigen Gesichter leckten, konnte ich nicht anders, als sie ins Herz zu schließen. Blinkers und Vater untersuchten die Welpen und tasteten ihre Gelenke ab, um sich zu vergewissern, dass sie keine Rachitis bekamen. Und dann sagte Blinkers zu Vater, er bleibe nur ein paar Stunden in London und ob er mit mir in den Zoo gehen dürfe? Dort würde ich eine Menge lernen, sagte er. Vater schien einverstanden zu sein. Er war so guter Laune, dass er zu allem Ja und Amen gesagt hätte, und ich rannte nach oben, um mich umzuziehen. Ich hatte große Angst, dass Vater plötzlich sagen würde, ich könne nicht mitkommen, doch als ich wieder unten war, redete er immer noch ganz vergnügt mit Blinkers.

Rosa hatte sich zu ihnen gesetzt. Ich sah ihr an, dass sie wütend war, weil ich ausging. Sie fing an zu murren: »Und was ist mit den Einkäufen? Sie ist noch nicht einkaufen gewesen.« Vater erwiderte: »Die wirst du ausnahmsweise selbst erledigen müssen.« Als sie vor Blinkers zu fluchen anfing, wurde Vater wieder verdrießlich und sagte knurrend zu mir: »Wenn du gehen willst, dann aber marsch.« Rosa ging in die Praxis und schlug die Tür zu, woraufhin der Papagei laut kreischte. Als wir den Berg hinuntereilten, hörten wir ihn immer noch.

Ich sagte: »Wollen wir wirklich in den Zoo gehen? Das ist doch genau wie zu Hause.« Blinkers sagte, er habe das nur vorgeschlagen, weil es meinem Vater gefallen würde, dass wir aber machen könnten, was ich wollte. Ich sagte sofort: »Ich würde lieber in einem feinen Restaurant zu Mittag essen und einen Schaufensterbummel machen.« Und das taten wir auch. Ich glaube kaum, dass es Blinkers besonders gefiel, aber er schien kein selbstsüchtiger Mann zu sein und fand sich damit ab.

Auf der anderen Seite des Flusses war es wunderbar, auch wenn es dort keine Blumen in Fensterkästen und Kübeln gab, und auch keine Markisen mehr. Wir gingen zu Harrods, und ein Mann mit Medaillen machte uns die Tür auf. Wir gingen auf Teppichen, die wie das Moos in den Wäldern waren, von denen mir meine Mutter erzählt hatte. Wir fuhren ganz schnell mit einem Aufzug, und ich hatte das Gefühl, meine Innereien seien plötzlich verrutscht – ohne die anderen Leute ringsum wäre es wie Fliegen gewesen. Wir sahen uns glänzende Stoffe an und wundervolle Hüte, manche riesengroß, andere mit ganz hohen Köpfen und Federn und Samtschleifen an der Seite, sodass sie noch höher wirkten. Es gab Pelzmäntel, die hunderte von Pfund wert waren, und in einer anderen Abteilung Tuchmäntel, die unten ganz eng waren, und weite, tief angesetzte Ärmel hatten. Es gab auch eine Möbelabteilung, und ich setzte mich auf ein paar Stühle. Ich verstand, warum Rosa sich über unser Esszimmer beschwerte. Blinkers wollte mir dauernd etwas kaufen – lange Ziegenlederhandschuhe und ein Stickset in einem grünen Samtkasten mit einer Schere in Form eines Storchs, dessen Schnabel die Klingen bildete. Aber ich wollte diese Sachen nicht annehmen, weil das möglicherweise bedeutete, dass ich ihn eines Tages heiraten musste. In der Abteilung für Schreibwaren gab es Füllfederhalter mit speziellen, dazu passenden Bleistiften, und sie abzulehnen, brachte ich nicht über mich: Schon immer hatte ich einen Füllfederhalter gewollt, auch wenn ich niemanden hatte, dem ich hätte schreiben können, und ich war fast bereit, zu riskieren, dass ich Blinkers würde heiraten müssen. Ich durfte verschiedene Füllfederhalter ausprobieren, um sicherzustellen, dass die Feder die richtige Stärke hatte. In meiner übergroßen Handschrift schrieb ich »Alice, Alice, Alice« und wählte die dünnste Feder, weil ich damit wunderbare geschwungene Schnörkel machen konnte. Dann nahm Blinkers einen Füller und schrieb in großer, fester Schrift »Alice Peebles«, und wir standen da und blickten uns an, bis der Verkäufer ungeduldig fragte, »Haben Sie jetzt einen Füller gefunden, der Ihnen gefällt?«

Wir aßen in einem Hotel in der Nähe zu Mittag. Es war sehr vornehm, aber ich war etwas enttäuscht, weil die meisten anderen Gäste, die dort speisten, recht alt waren – ziemlich dick und mittleren Alters. Ich hatte gehofft, schöne junge Leute zu sehen – oder auch verruchte: Frauen mit riesengroßen Hüten und schwarzer Schminke um die Augen und Männer mit Monokeln. Die Kellner waren finster und höflich. Einer war sehr groß mit geradem Rücken und vorstehendem Bauch. Blinkers sagte, das sei der Oberkellner. Ich bekam große Angst und konnte nicht mehr schlucken – zum Glück hatte ich fast fertig gegessen. Ich dachte dauernd, er blicke mich unter seinen schweren Lidern an. Als wir aus kleinen Tassen mit Goldrand Kaffee tranken, erzählte ich Blinkers von dem schrecklichen Oberkellner, der mich bewunderte, und den Rosa mir aufzwingen wollte. Ich sah, dass ich ihm den Kaffe verdorben hatte und bereute, dass ich die Sache erwähnt hatte. Sein freundliches Gesicht legte sich in Falten und wirkte bekümmert. Nach kurzem Schweigen sagte er: »Ich fürchte, Rosa ist eine sehr gefährliche und böse Frau, und mir gefällt nicht, dass sie mit dir Kontakt hat.« Seine runden Augen blinkerten traurig. »Du darfst diesen Mann nicht treffen – diesen Kellner, ganz gleich was passiert. Ich wünschte, ich könnte in London bleiben, aber ich muss heute nach Hampshire. Meiner Mutter geht es gar nicht gut, und jetzt hat sie anscheinend die Haushälterin und Gesellschafterin weggeschickt, die ich ihr besorgt hatte. Sie lebt ganz allein in dem Haus – das ist das Schlimmste, was ihr passieren kann.« Er sah auf die Uhr und stellte fest, dass er Gefahr lief, seinen Zug zu verpassen, und ich war aufgebracht, weil ich uns den Lunch verdorben hatte. Bevor wir uns verabschiedeten, gab er mir die Adresse seiner Mutter und sagte, wenn ich in Schwierigkeiten sei, solle ich ihm schreiben. Dann sagte er noch: »Vielleicht schreibst du mir ja sowieso; du kannst deinen neuen Füller benutzen.« Also versprach ich ihm zu schreiben. Das zumindest konnte ich tun.

Dann trennten wir uns und ich ging über den Fluss nach Hause. Am selben Abend schnitt ich mir meine flachsfarbenen Haare und machte mir einen Pony. Ich versuchte, meinen Mantel unten enger zu machen, aber es ging nicht.

Kapitel Acht

Es war Sonntagmorgen und die alten Leute auf dem Weg zur Kirche zogen wie traurige graue Wellen an mir vorbei. In den Straßen roch es nach gebratenem Fleisch, das von Müttern zubereitet worden war; und auf dem nassen Pflaster lagen zerquetschte braune Blätter. Ein Hund stand auf der Straße und bellte wegen nichts. Als ich näher kam, bellte er mich an, bis ein Mann kam und einen Stein nach ihm warf, sodass der Hund aufheulte und davonrannte. So war der ganze Tag; aber weil ich gerade von der Anprobe für mein neues Kostüm kam, war ich nicht richtig traurig – es war wunderschön grau, mit einer Flechtenbordüre, und der Rock bauschte sich hinten beinah zu einer Schleppe. Rosa war diejenige, die meinen Vater überzeugt hatte, dass ich neue Kleider brauchte. Lucys Mutter schneiderte sie mir. Ich ging gerne sonntags zur Anprobe, weil Lucy dann da war. Sie saß gewöhnlich auf dem Musikschemel, drehte sich im Kreis und redete dabei mit den Händen. Ich konnte ihr nicht groß antworten, weil ich meine Finger stillhalten musste, während die Schneiderin mit Nadeln im Mund um mich herumging. Lucy bewunderte meinen Pony und ich bewunderte ihr Haar, das wie ein Türklopfer war – ein Doppelzopf mit einer riesigen schwarzen Schleife obendrauf. Als wir einmal zusammen zur Haustür gingen, zeigte sie mir ein Heft, das wie ein Autogrammheft aussah. Sie erklärte, dass man sich die Seiten übers Gesicht reiben musste, dann würden sie Puder abgeben und man würde besser aussehen. Lucys Gesicht war normalerweise leicht grünlich, doch jetzt war es ziemlich weiß. Grün gefiel es mir, glaube ich, besser.

Als ich nach Hause zurückkam, tranken Rosa und Vater im Esszimmer Portwein. Das Rindfleisch, das in der Küche schmorte, war fast vertrocknet und die Karotten klebten am Topfboden fest. Ich füllte Wasser auf und gab Teigkugeln hinein, um Klöße zu machen. Die Klöße gingen stark auf und tanzten in der kochenden Bratensoße. Die Küche war voller Dampf. Wasser floss in Strömen an den Fensterscheiben herunter, als regnete es im Haus. Ich begann mir einzubilden, ich hörte Wasser fließen und herabfallen. Dann dachte ich, ich könne es sehen, und mir war, als würde alles überflutet, als sei überall ganz graues, silbriges Wasser, über dem ich schwebte. Ich kam an einen Berg aus sehr dunklem Wasser; doch als ich hinaufgelangte, war dort ein Wassergarten, in dem alles glitzerte. Obwohl das Wasser sehr schnell dahinströmte, behielt es immer dieselben wunderschönen Formen, und es gab dort Brunnen und Bäume und Blumen, die alle schimmerten, als seien sie aus Eis, das sich bewegte. Es war so unglaublich schön, und ich fühlte, was für ein Privileg es war, dass ich das sehen durfte. Dann kamen die Vögel, riesenhafte Vögel, die ganz langsam flogen und ebenfalls aus Wasser waren. Manchmal wurden sie von Wolken bedeckt, tauchten dann aber wieder auf, sehr stolz und schwer, und jeder hielt sich an seine vereinbarte Route. Diese wundervolle Wasserwelt hatte nicht lange Bestand, weil Nebel aufkam und sie nach und nach zum Verschwinden brachte, und dann verletzte mich etwas am Kopf. Irgendwie war ich auf den Küchenfußboden gestürzt und hatte mir den Kopf am Kohleneimer angeschlagen. Kohle war in mein Haar geraten, doch ansonsten war alles wie zuvor, bevor ich den Wassergarten sah – nur köchelndes Rindfleisch und Dampf, und die Stimmen von Rosa und Vater, die durch die Wand drangen.

Mein Kostüm war fertig und ich holte es ab – in einer ganz neuen, eleganten Schachtel, die Lucy aus ihrem Geschäft herausgeschmuggelt hatte. In meinem Schlafzimmer probierte ich es an. Um den Rock in meinem winzigen Spiegel richtig sehen zu können, stellte ich mich auf einen Stuhl: er war weit, floss mir um die Knöchel, und war hinten ein wenig länger. Dann fiel mir ein, dass ich irgendwo etwas über Humpelröcke gelesen hatte, und wurde ganz betrübt. Ich zog den Rock fest um die Beine, aber es sah nicht gut aus. Rosa sagte, ich hätte keine richtigen Waden, und die Herren mochten stramme Waden. Dann dachte ich: »Zum Teufel mit den Herren; ich habe noch keinen gesehen, den ich mochte.«

Ich stieg vom Stuhl und rannte nach unten, um Rosa zu zeigen, wie gut das Kostüm saß. Sie zwickte und zog daran herum und befühlte den Stoff zwischen Daumen und Zeigefinger und sagte, ich sähe »wirklich hübsch aus, aber ich hätte lieber einen ausgefalleneren Stoff genommen«. Dann sagte sie, sie würde mich am nächsten Tag zum Tee ausführen, in ein neues Lokal, das gerade in der High Street eröffnet hatte, wo man sogenannte Pastries essen konnte, und wo nur Damen und Herren verkehrten. »Du wirst dich wundern, was für Leute du dort triffst.« Dann fing sie plötzlich an zu lachen und mit den Augen zu rollen und zu sagen, ich sei »zum Schreien«, obwohl ich keinen Ton gesagt hatte.

Als ich ging, kam ich mir ziemlich dumm vor, und dann stand mein Vater in der Diele. Ihm so unerwartet zu begegnen, bewirkte, dass ich ihn sehr klar sah: Er war nicht so groß, wie ich ihn in Erinnerung hatte, sondern von ganz normaler Größe, und seine Wangen hingen gelb und traurig herab; nur sein Schnauzbart war unverändert – schwarz und grimmig und spitz zulaufend. Bei meinem Anblick stieß er den Kopf ruckartig Richtung Esszimmer und fragte: »Ist Rosa da drin?« Ich sagte ja, und er ging hinein. Ich hörte wütende Stimmen. Vater war vermutlich böse, weil Rosa mit einem anderen »Herrn« zum Lunch gegangen war, einem »sehr netten Reisenden, den ich schon lange kenne«. Als sie mir von ihm erzählte, stellte ich mir einen Mann in einem riesigen, nach Zügen riechenden Reisemantel vor, dazu eine Pirschmütze und jede Menge schwerer Lederkoffer; doch er war keineswegs diese Art Reisender – nur ein Mann mit einer kleinen Aktentasche voller Haaröl, das die Drogisten ihm abkaufen sollten. Ich blieb in meinem Zimmer, bis die wütenden Stimmen verstummten. Dann ging ich zur unteren Toilette, um dem Papagei Gesellschaft zu leisten, der dort drinnen zu verschmachten schien. Bevor Rosa und Vater elegant zurechtgemacht erschienen, war es im Haus eine Weile still gewesen. Sie sagten, sie gingen aus und erklärten mir, was ich in ihrer Abwesenheit alles zu tun hätte.

Kapitel Neun

Rosa hielt ihr Versprechen und führte mich zum Tee aus, obwohl die Setterhündchen wie verrückt heulten und der kleine Hank nicht imstande zu sein schien, mit ihnen zurechtzukommen. Ich hatte ein ganz schlechtes Gewissen, weil ich ihn allein ließ. Auch verlangte eine sterbende Ente, die Goldregensamen gefressen hatte, viel Aufmerksamkeit, denn ihr Durst war unstillbar. Deshalb ging ich in den Raum, wo die Tiere waren, und gab Hank ein paar letzte Anweisungen. Er starrte mich in meinen neuen Kleidern an und sagte »Oh, Miss!« und sogar die Hündchen hörten kurz auf zu heulen. Rosa stand an der Tür und schrie: »Beeil dich doch! Und kümmere dich nicht um die verfluchten Tiere!«

Als wir gerade durch das rostige Eisentor gingen, tauchte ein kleines Mädchen mit einer Tasche auf, in der eine Katze war. Die Katze streckte ihren Kopf entrüstet aus der Tasche und gab Laute von sich, die wie die eines Babys klangen. Ich blieb stehen und wartete auf das Kind, doch Rosa zwickte mich in den Arm und sagte: »Komm schon, Herrgottnochmal. Mir reicht's langsam«, also gingen wir an dem Kind vorbei. Über meine Schulter sah ich sie an der Haustür stehen und mit Hank reden. Ich wusste, dass Vater böse sein würde. Es war vielleicht ein Notfall, der sofort behandelt werden musste. Einmal war jemand mit einer durchgedrehten Katze in einem Sack angerannt gekommen. Man hatte sie versehentlich in einem Ofen halb gebraten. Ich fragte Rosa immer wieder, ob ich zurückgehen könne, und erzählte ihr von der halb verschmorten Katze, doch sie rief aus: »Kokolores! Willst du dich denn nie amüsieren, du trübe Tasse!« Und so gingen wir weiter.

Wir kamen in die High Street, wo die Einkaufenden in alle Richtungen flitzten, gefolgt von ihren Kindern – kleinen Mädchen mit tief in die Stirn gezogenen Hüten und herabwallenden Locken und kleinen Jungen mit kränklichen weißen Gesichtern, die kandierte Äpfel aßen und mit den Stiefelspitzen scharrten. Ich wollte mir alle Blumenschaufenster ansehen, doch Rosa trieb mich weiter, als müssten wir ganz schnell zum Zug. Das Schaufenster eines Friseurs war faszinierend: wunderbare Perücken und Wachsfiguren, Männer und Frauen, die einander albern anlächelten und wie Menschen aus einer anderen Welt wirkten. Doch Rosa ließ mich ihre faden, unschuldigen Gesichter und pilzigen Haare nicht anstarren. Es roch nach gebackenem Brot, und warme Luft drang durch die Gitterroste im Pflaster zu meinem Schlüpfer hinauf.

Dann standen wir vor Rosas Teesalon. Im Schaufenster befand sich ein Hochzeitskuchen, der sieben Kuchen entsprach, und über und über in Weiß und Silber dekoriert war, mit Tauben und Blumen und kleinen silbernen Schuhen; und ich dachte: »Wenn die Männer wie die Helden in den Büchern wären, dann wäre Heiraten und solch einen Kuchen zu bekommen wunderbar!« Auch Rosa betrachtete den Kuchen sehnsüchtig und sagte: »Ich wette, dass mir dein Vater nie so einen Hochzeitskuchen kaufen würde, wenn wir heiraten würden, weil er ja Witwer ist und so.« Danach veränderte sich ihre Miene zu einem traurigen Clownsgesicht, bis wir das Restaurant betraten und sie anfing, mit den Augen zu rollen und zu lächeln.

Der Teesalon war nicht annähernd so vornehm wie der Hotelspeisesaal, in dem ich mit Blinkers gewesen war, aber er war schön sauber und das Tischtuch war gestärkt und schneeweiß. Rosa betonte immer wieder, wie schick es sei und pries die silberne Teekanne und die Gäbelchen, mit denen wir die sogenannten Pastries essen sollten. Sie hatte ihre Ungeduld vergessen und war auf einmal ganz fröhlich und nannte mich dauernd »Liebes«: »Verzeih, Liebes, wenn ich ein bisschen ungeduldig war, aber der halbe Nachmittag war schon vorbei und ich hatte mich doch darauf gefreut, dir eine Freude zu machen.« Ich hatte das Gefühl, ziemlich fies und undankbar zu sein, und versuchte, fröhlich zu wirken. Ich sagte, ich fände Hörnchen mit Sahnefüllung ganz wunderbar, obwohl mir dieses Gebäck im Hals stecken blieb.

Eine riesige Tigerkatze setzte sich auf den Stuhl neben mir und ich rieb ihr über den gewehrkugelartigen alten Kopf. Beim leisen, heiseren Schnurren der Katze hörte ich Rosa plötzlich sagen: »Na so was, Mr. Cuthbert! Das ist aber eine Überraschung! Möchten Sie nicht eine Tasse Tee mit uns trinken? Das hier ist meine kleine Freundin Alice.« Es war der freche Mann mit dem schmierigen Haar und der grünen Livree, den ich schon einmal gesehen hatte, nur trug er diesmal etwas Marineblaues mit Streifen. Er schnappte sich meine Hand, schüttelte sie heftig und hob sie plötzlich an seine Lippen, worüber Rosa lauthals lachte. Mir war, als blickten alle zu uns herüber. Ich zog meine Hand weg und merkte, dass ich rot wurde und mir die Tränen in die Augen traten. Der entsetzliche Cuthbert rief: »Du bist ja eindeutig schüchtern!«

Ich ertrug Cuthberts Konversation ein paar Minuten, doch als er mir plötzlich mit der Hand über den Schenkel strich, stand ich auf und sagte zu Rosa, ich ginge nach Hause. Zuerst war sie böse. Dann sah ich, wie sie mit Cuthbert Blicke wechselte, und sie sagte: »Nun, Liebes, wenn du das möchtest, dann brechen wir alle gemeinsam auf«, und dann verließen wir den Teesalon.

Zusammen gingen wir die High Street entlang. Wie eine Gefangene lief ich mit vor Scham hängendem Kopf zwischen Rosa und dem abstoßenden kleinen Mann. Er zwickte mich in den Arm und sagte: »Schüchtern, was?« Ich war nicht schüchtern, nur beschämt. Wir bogen in eine andere geschäftige Straße, und Rosa sagte: »Ich dachte, wir könnten uns kurz das Hotel ansehen, in dem Mr. Cuthbert arbeitet.« Wir gelangten zu einem großen, dunkelbraun gestrichenen Pub. Mitten durch das Gebäude führte ein überwölbter Gang zu den Ställen; und an den Fenstern war feiner Maschendraht, auf dem in Goldbuchstaben »Schankstube«, »Speisesaal« und »Lounge« stand. Wir liefen den Gewölbegang entlang und ich sagte: »Warum gehen wir hier entlang? Ich will nach Hause.« Und Cuthbert sagte: »Sekunde, Liebes. Ich wollte dir nur die Dohle zeigen. Sie hat hellblaue Augen und ist wirklich ein lustiger kleiner Schwätzer.« Ich hatte Angst, so als sei etwas Schreckliches in meiner Nähe, obwohl gar nichts schrecklich war, es gab dort nur einen ruhigen Hof mit Ställen ringsum und einem Pferd, das mit freundlichem Gesicht aus einem Stall hervorlugte und den grauen Kopf über der Tür hängen ließ. Meine Kehle war ganz trocken und zugeschnürt und ich konnte nicht sprechen. Rosa packte mich fest am Arm und Cuthbert hielt meinen anderen Arm fest.

Wir kamen zum Dohlenkäfig. Die Dohle hüpfte umher wie alle Vögel, nur hatte sie blaue Augen und machte keinen Mucks. Wir waren jetzt ganz am Ende des Hofs und standen vor dem Vogelkäfig. Keiner sagte etwas, doch Cuthbert bot Rosa eine Zigarette an und gab ihr Feuer, indem er das Streichholz mit nur einer Hand über seine Zähne riss. Auf einmal ließ Rosa meinen Arm los, und weil ich so schwach auf den Beinen war, wäre ich fast hingefallen. Ohne zu wissen wie mir geschah, hatte mich Cuthbert in den Sattelraum gezerrt und dort waren wir jetzt allein. Rosa war fort. Ich versuchte die Tür zu öffnen, aber es ging nicht. Cuthbert lachte und sagte: »Komm schon, zier dich nicht«, und dann war sein furchtbares Gesicht ganz nah an meinem und er küsste mich und zerrte an meinen Kleidern. Er zerrte mich zu Boden und verhakte sich in mich. Ich versuchte zu schreien, brachte aber keinen Ton heraus. Dann fing ich an, ihn zu beißen, ich biss so lange in sein Gesicht, bis ich salziges Blut in meinem Mund schmeckte. Er schlug mich heftig auf den Kopf, aber ich biss ihn weiter, und dann kam ich frei und er berührte mich nicht mehr, und dann konnte ich plötzlich schreien. Als er mir die Hand über den Mund legte, biss ich ihn wieder. Dann stand er auf und fing an, mich zu treten, während ich auf dem Boden lag, doch ich konnte immer noch schreien. Er stammelte: »Halt die Klappe, verdammte kleine Idiotin!« Dann öffnete er die Tür und rannte davon.

Ich lag auf dem Boden und konnte mich vor Angst nicht regen, doch er kam nicht zurück. Irgendwie kam ich auf die Beine. Mein Kopf pochte und ich konnte ihn nicht richtig aufrichten, sodass er auf eine Schulter herunterhing. Im Dunkeln kam es mir vor, als tauchten helle Lichter wie riesige Wunderkerzen in meinen Augen auf. Erst als ich loslief, bemerkte ich, dass ich starke Schmerzen hatte, die ich auf einmal am ganzen Körper spürte. Ich fühlte mich sehr müde und schmutzig. Im Dunkeln versuchte ich, meine Handschuhe zu finden – mein Gürtel war auch weg sowie ein Stück von meiner Bluse. Während ich umherstolperte, fiel mir auf, dass ich die Zwölferreihe aufsagte, die ich früher nie richtig konnte. Ich erinnerte mich an die Schulstunden in der kleinen Schule, auf die ich mit Lucy gegangen war. In der Nähe des Fensters war eine Lorbeerhecke und die sich drehende Weltkugel war in Wirklichkeit eine Keksbüchse aus Blech. Einen Augenblick lang konnte ich sogar Schulhefte und Tinte riechen, und mich erinnern, wie faszinierend es war, die Zahl Acht zu meistern: eine schöne gewundene Form, nicht bloß ein kleiner Kreis, der auf einem leicht größeren Kreis saß.

Ich fasste mir an die Wangen. Cuthberts schmutziges, getrocknetes Blut klebte daran und außerdem waren meine Lippen geschwollen. Ich befühlte meine Zähne, weil sie wehtaten und ich dachte, sie seien alle abgebrochen. Aber sie waren noch alle in meinem Mund, glatt und fest. Ich dachte: »Es gibt keinerlei Hoffnung für mich – gar keine«, und Tränen flossen mir langsam übers Gesicht und mischten sich mit dem schmutzigen Blut. Ich schleppte mich aus dem furchtbaren, kleinen Raum und gelangte irgendwie auf die Straße. Die Straßenlampen brannten und beleuchteten mich in meiner

Schande. Ich sah, wie die Leute mich anblickten und drehte daher das Gesicht zur Wand und schob meine Haare darüber. Der große schwarze Hut, den ich getragen hatte, war nicht mehr da und ich war froh, dass er Rosa gehörte und jetzt wahrscheinlich ganz zerrissen und zerdrückt war.

Ich stand vor unserem Haus. Ich sah meinen Vater unter der Gaslampe neben seinem Rollpult stehen und vor sich hinknurren. Abgerissen und befleckt wie ich war, traute ich mich nicht ins Haus, und stand deshalb auf der Straße, bis Rosa zu Vater ins Zimmer kam und ihr künstliches, strahlendes Lächeln aufsetzte. Sie trat ans Fenster. Vielleicht wollte sie nur die Vorhänge zuziehen, aber ich hatte Angst vor ihr und rannte ins Dunkel davon. Ich bewegte mich nur in dunklen Gassen fort, bis ich auf einmal in der Straße war, wo Mrs. Churchill wohnte. Ich erinnerte mich, dass sie gesagt hatte, sie sei meine Freundin, und ging zu ihrem Haus. Musik drang nach draußen, und ich wusste, dass es »unsere Vera« sein musste, die Klavier spielte. Doch als ich an die Tür klopfte, hörte die Musik auf und stattdessen bellten Hunde. Mrs. Churchill stand in der kleinen, dunklen Diele und ließ mich ins Haus. Sie führte mich ins vordere Zimmer, wo ihre Tochter Vera in einer rosa Bluse am Klavier saß. Als Vera mich sah, schrie sie und Mrs. Churchill rief »Oh Gott!« und ich hatte plötzlich ein klammes Gefühl um den Mund und vernahm eine Art Gesang und dann fiel ich hin.

Es hieß, ich sei ohnmächtig geworden. Ich lag auf einer roten Plüschcouch und fuhr mit den Fingernägeln über den Flor. Mrs. Churchill wusch mir das Gesicht und wischte mit einem sauer riechenden Handtuch daran herum, und Vera stand mit einer Tasse Tee daneben. Vor dem Kamin lagen die zwei dicksten Hunde, die ich je gesehen hatte, und keuchten und kratzten sich. Um Mrs. Churchill nicht zu kränken, trank ich den Tee, was jedoch mühsam war, weil mein Kopf so wehtat, wenn ich mich aufsetzte. Im Zimmer war es sehr warm und hell und alle waren sehr nett zu mir – selbst die keuchenden Hunde vor dem Kamin hatten freundliche Gesichter. Ich erzählte von Rosa und dem schrecklichen Cuthbert und der Dohle mit den blauen Augen. Doch weil ich mich so schämte, konnte ich ihnen nicht alles sagen – nie wieder würde ich richtig rein werden, ganz gleich, wie oft ich badete. Ich bekam eines von Mrs. Churchills riesengroßen Nachthemden geliehen und durfte auf dem Sofa unter dunklen Decken schlafen. Dort lag ich, ganz erhitzt, und lauschte ihren Stimmen auf der anderen Seite der Wand. Einmal hörte ich ein Kind weinen und dachte, es sei Veras Junge; einmal hörte ich die tiefe Stimme des »Papas«, die klang, als spräche er durch eine schmierige Melone.

Nachts lag ich wach und schwebte. Als ich aufstieg, fielen die Decken zu Boden. Ich konnte nichts unter mir spüren – und auch nichts über mir, bis ich in die Nähe der Zimmerdecke kam, wo das Atmen schwierig wurde. Ich dachte: »Ich darf die Gaslampenglocke nicht kaputt machen.« Ich tastete sie vorsichtig ab und etwas sehr Leichtes fiel darin herunter: der kaputte Glühkörper. Weil ich Angst hatte, in dem überfüllten Zimmer noch mehr Sachen kaputt zu machen, verhielt ich mich dort oben ganz still; doch schon bald schwebte ich wieder sanft nach unten. Ich faltete die Hände über der Brust, hielt mich kerzengerade und schwebte zur Couch hinab, auf der ich gelegen hatte. Ich hatte keine Angst, sondern fühlte mich ruhig und friedlich. Am nächsten Morgen wusste ich, dass es kein Traum war, da die Decken immer noch am Boden lagen und ich den kaputten Glühkörper sah und das kreidige Pulver immer noch an den Händen hatte.

Kapitel Zehn

Am nächsten Tag ging ich zurück ins Haus meines Vaters, doch Mrs. Churchill war mir zuvorgekommen: Rosa war fort. Vater öffnete die Tür. Er wandte sich von meinem zerschrammten Gesicht ab und ging zurück ins Tierzimmer. Keine Rosa kauerte vor dem Esszimmerkamin, beschwerte sich, lachte, und beschwerte sich wieder. Ich ging in ihr Zimmer hinauf. Es war immer noch rosa, doch das Bett war ungemacht und sie war nicht da. Ich öffnete den Schrank und erwartete beinah, dass sie heraussprang und sich auf mich stürzte. Doch abgesehen von einem schmutzigen Zierband und Mottenkugeln war der Schrank leer. Sie war wirklich fort, auch wenn ich ihren Geruch noch roch. Ich machte das Fenster auf und ließ den dunklen Nachmittag herein. Dabei hörte ich, wie die Haustür zugeschlagen wurde. Ich wusste, dass Vater fortgegangen und dass ich allein war.

Ein Tag reihte sich an den anderen. Ich versuchte, mich gut um Vater zu kümmern, damit Rosa nicht zurückkam. Mrs. Churchill kam jeden Morgen, und wir saßen wieder in der Küche und tranken Tee. Doch sie sprach nicht mehr über ihren Garten: nur noch über Weihnachten. »Du musst unbedingt all die Neuheiten sehen, die ich gesammelt habe, und die Püppchen, die ich für die Mädchen eingekleidet habe. Veras Junge bekommt einen Kreisel und mein anderer Enkel Handschellen. Spielzeughandschellen natürlich, aber an die soll er sich gewöhnen; man weiß ja nie, was einen im Leben erwartet, oder?«

Anscheinend hatte sie an Weihnachten immer an die fünfzig Leute in ihrem Häuschen, und alle bekamen zu essen und zu trinken und ein Geschenk. Ich dachte an unser trauriges Weihnachten, an dem kein einziger Freund ins Haus oder auch nur eine Karte durch den Briefkasten kam; nur riesige Kalender, die für Viehfutter und Tiermedizin warben.

Ich schrieb Blinkers einen Brief. Obwohl er nicht sehr lang war, brauchte ich zwei Wochen dafür, weil es der erste Brief meines Lebens war – davor hatte es niemanden gegeben, dem ich hätte schreiben können. Ich schrieb ihm, das Wetter sei schön für die Jahreszeit, und dass alle Setterhündchen fort seien und Rosa ebenfalls. Ich erzählte ihm, dass mir beinah etwas ganz Schreckliches in einem Sattelraum passiert sei, doch dass Mrs. Churchill gesagt habe, ich sei immer noch ein gutes Mädchen, und obwohl ich nachts grässliche Träume hätte, seien sie nicht mehr so häufig wie am Anfang. Ich sagte ihm, es gehe mir recht gut und dass ich ihm immer eine Freundin sei. Es war kein langer Brief, aber ich brauchte sehr lang dafür. Und hinterher machte ich mir Gedanken, ob ich die Sache mit dem Sattelraum nicht hätte weglassen sollen, und dachte: »Jetzt will er sicher nicht mehr, dass ich Alice Peebles werde.«

Ich ging jeden Morgen einkaufen und obwohl so viele Leute auf den Straßen waren, hatte ich immer Angst, Cuthbert zu sehen. Manchmal dachte ich, er sei es, und dann rannte ich in einen Laden, wo mir immer ganz übel wurde und ich zitterte; doch wenn ich durch die Tür blickte, war er gar nicht da. Ich glaube, es war nur Einbildung. Mrs. Churchill sagte, Vater habe sich bei dem Hotel, wo er arbeitete, beschwert, und man habe ihn fortgeschickt, aber ich machte mir trotzdem Sorgen, für den Fall, dass man ihn nicht weit genug fortgeschickt hatte.

Als ich Blinkers' Brief einwerfen ging, war es fast dunkel. Ich weiß noch, wie ich Cuthbert einmal ganz in grün hinter dem scharlachroten Briefkasten gesehen hatte, und ging deshalb zu einem, der weiter entfernt war. Ich nahm einen kleinen weißen Hund mit, der mich beschützen sollte. Man hatte ihn Vater gebracht, weil seine Ohren wie kleine Segel hochstanden, statt sich schön neben seinen Augen herunterzuklappen. An seinen Ohren waren jetzt mit Schusterwachs Bleiklumpen angebracht worden, sodass sie traurig herabhingen und der arme Hund dauernd den Kopf schüttelte und mit den Pfoten versuchte, das Blei abzustreifen.

Im Dämmerlicht stand ich plötzlich dicht vor jemandem. In dem Grau roch es nach Rosa und sie war es tatsächlich. Sie berührte mich und ich konnte ihr Gesicht deutlich sehen und dachte: »Sie sieht wie eine weiße Negerin aus.« Dann machte sie ihr trauriges Clowngesicht und sprach mit ihrer kultivierten Stimme und den verdrehten Vokalen: »Nun, Liebes, ich fragte mich schon, ob ich dich wohl sehen würde. Es ist schon ein Weilchen her, seit wir uns das letzte Mal gesehen haben, und ich würde gern ein wenig mit dir plaudern.«

»Nein, nein, ich will nicht plaudern«, rief ich und versuchte mich aus ihren mich umklammernden Fingern zu befreien. Aber ich wusste, dass ich ihr nicht entrinnen konnte. Der kleine Hund schien es auch zu wissen, setzte sich mir zu Füßen, und schüttelte seine Ohren mit den Gewichten daran.

»Oh Gott! Was ist denn mit seinen Ohren?«, murmelte Rosa. Dann fasste sie sich. »Du bist mir, glaube ich, ein bisschen böse, Liebes. Aber woher hätte ich wissen sollen, dass Mr. Cuthbert nur ein Portier ist? Wenn ich das gewusst hätte, hätte ich ihn doch nicht ermutigt. Aber er hat mir gesagt, er sei Oberkellner, und ich muss sagen, dass er viel von Wein verstand. Er hat uns beide hinters Licht geführt. Außerdem ist er verheiratet, hat Frau und Kinder in Birmingham, zu mir hat er aber gesagt, er sei Junggeselle und ich dachte, er sei genau der Richtige für dich – um dich ein bisschen aufzumuntern!« Sie drehte den Kopf von rechts nach links, und die Falten in ihren Augenwinkeln kräuselten sich. »Ach, er war einfach zum Schreien! Wusstest du, dass er Streichhölzer an seinen Zähnen anreißen kann?«

Ich drehte mich weg, doch sie packte mich wieder am Arm. »Geh nicht weg, Alice, was passiert ist, tut mir wirklich leid. Ich hab es gut gemeint, und jetzt, wo Mr. Cuthbert entlassen ist, können wir da nicht Freunde sein? Sag deinem Vater, dass du mich getroffen hast und sag, dass wir wieder Freunde sind. Sag ihm, dass ich ihn vermisse, und Alice …«

Sie fing plötzlich an zu husten und ihr ganzer Körper wurde von einem großen, starken Hustenanfall durchgeschüttelt. Ihre Hände gaben nach und ich konnte mich befreien. Einen Augenblick lang stand ich still da. Dann rannte ich los und ließ sie in der Dämmerung stehen, immer noch hustend. Ich schämte mich, dass ich sie in dem Zustand allein ließ, so gekrümmt und hilflos, aber ich musste entkommen. Als ich nach Hause kam, begrüßten mich die Schreie des Papageien aus der Diele. Ich entsann mich, wie Rosa ihn in die Toilette verbannt hatte, wo er so depressiv wurde, dass er große Löcher in die Bodendielen hackte. Ich zog die Esszimmervorhänge zu und fachte das Feuer an, und betrachtete den leeren Ledersessel, in dem Rosa immer gesessen und sich beklagt hatte, und ich war froh, dass er leer war und dass sie draußen im Dunkeln war und allein hustete.

Ich sagte Vater nicht, dass ich Rosa getroffen hatte. Wir redeten sowieso kaum miteinander – nur hier und da über die Tiere und die Mahlzeiten. Wenn wir zu Mittag aßen, sagten wir oft keinen Ton, und wenn ich in die Küche ging, um den Nachtisch zu holen, fing ich an, mit mir selbst zu sprechen, weil ich mich so steif und nervös fühlte. Ich sprach sogar mit dem Nachtisch. »Komm schon, alter Apfelkuchen, du musst jetzt gegessen werden. Hoffentlich schmeckst du besser, als du aussiehst. Und du, Teller, dich kann ich unmöglich nehmen. Weißt du nicht, dass du ganz schön angeschlagen bist? Hier ist ein besserer Teller, doch warte, jetzt wo ich genau hinschaue, entdecke ich getrockneten Senf an deinem abgesplitterten Rand – wie provozierend von dir! Da bist du ja, Tablett, du musst zur Abwechslung arbeiten!« Dann ging ich zurück ins Esszimmer, wo mein Vater sich im Sessel zurücklehnte, an seinem Schnauzbart kaute und mit seinen breiten Fingern auf den Tisch trommelte. Er steckte sich immer eine Serviette in den Kragen, vor deren Weiß sein Gesicht fahl wirkte. In letzter Zeit schien es geschrumpft zu sein. Genau genommen galt das für seine ganze Gestalt, und ich hoffte, dass meine Kochkünste nicht daran schuld waren.

Ich sagte Mrs. Churchill, ich hätte Rosa gesehen, und sie erwiderte: »Oh, dieser Teufelsbraten! Die versucht wohl, zurückzukommen, was?« Sie schrubbte zornig den Küchenboden, und ihr breites, altes Gesicht war dabei rot und wild. Sie kniete im schmutzigen Wasser, die Beine nach hinten gestreckt, sodass ihre rosa Liebestöter unterhalb der Knie zu sehen waren, und murmelte halb zu sich selbst: »In der ›Trompete‹ wird man sie nicht wieder arbeiten lassen, und das nehme ich ihnen nicht übel: Man weiß hier zu viel über sie. Sie muss sich eine Arbeit auf der anderen Seite des Flusses suchen – dann wären wir sie los!« Während sie den Schrubber in den Eimer tauchte, lächelte sie auf einmal, und sagte, bevor sie Seife darauf schmierte: »Weißt du, dass es im Schaufenster einer Drogerie in Lavender Hill Schneewittchen und die sieben Zwerge ganz aus Seife gibt? Das ist wirklich was Schönes. Stell dir mal vor, du reibst den Bart eines Zwergs auf deinen Waschlappen!« Rosa war damit vergessen, und es ging wieder um Weihnachtsdinge.

Am selben Abend kam Lucy mich besuchen. Als Rosa noch da war, erlaubte ihre Mutter ihr nicht, zu uns nach Hause zu kommen, doch jetzt schon. Wir aßen in der Küche, sahen uns Modehefte an, die längst nicht mehr Mode waren, und unterhielten uns mit den Händen. Ich hörte ein Klingeln an der Haustür, doch Vater hatte schon aufgemacht. Jemand ging in seine Praxis und dann schloss sich die schwere Tür.

Kapitel Elf

Nach dem Frühstück ging ich ins Esszimmer, um die Reste von Vaters Bücklingen abzuräumen. Die Sonne fiel schräg durchs Fenster auf den Kaminsims, wo früher der Affenschädel gelegen hatte. Ich legte einen feuchten Holzscheit auf das vor Kurzem entfachte Feuer. Es zischte leicht und eine Kellerassel rannte verzweifelt über die rauchende Rinde. Obwohl ich nichts für Kellerasseln übrig hatte, rettete ich sie mit einem Teelöffel. Es wäre schade gewesen, sie verbrennen zu lassen – und da krümmte sie sich nun auf dem nassen Teelöffel, grau und ziemlich ekelhaft. Ich stieß mit einer Hand das Fenster nach oben und setzte sie mit der anderen Hand aufs Fensterbrett, wo sie herumkroch und eine kleine schwarze Teespur zwischen den geflügelten Bergahornsamen hinterließ, die dort feststeckten. Die Luft war schneidend und winterlich, und auf der Straße war es ganz still. Nur ein paar bleiche Frauen mit schwarzen Einkaufsnetzen waren zu sehen. Unter dem Tor raschelte leise ein getrocknetes Blatt. Ich dachte: »Solche Augenblicke kommen einem sehr lang vor.«

Die Türklinke klapperte und Vater trat hinter mir ins Zimmer. Ich ging schnell zum Tisch und fing an, die Frühstücksreste abzuräumen. Er stand mit verärgertem Blick über mir. »Warum zum Teufel lässt du das Feuer brennen, wenn du das Fenster auf haben willst?« Ich rannte zum Fenster und machte es zu, und während ich ihm den Rücken zuwandte, rief er, fast schreiend: »Du verlässt das Haus – und wohnst jetzt bei Peebles Mutter. Das wurde gestern Abend beschlossen. Er kommt vielleicht irgendwann heute vorbei und bespricht es mit dir.«

Ich drehte mich um und starrte ihn verblüfft an. »Ich geh' jetzt!«, brüllte er mich an und knallte die Tür zu. Ein paar Minuten später sah ich, wie er das Haus verließ, mit dem Koffer in der Hand und seiner Melone, die er ganz nach hinten geschoben hatte. Das Eisentor schepperte und er war fort; doch selbst wenn er da geblieben wäre, hätte ich es nicht gewagt, ihn zu fragen, warum ich einfach weggeschickt wurde.

Der Vormittag ging vorüber und Henry Peebles kam nicht. Ich dachte schon, dass es vielleicht gar nicht stimmte, und ich überhaupt nicht fortgehen würde. Anfangs hatte ich Angst davor, von zu Hause wegzugehen und zu einer fremden Frau zu ziehen, doch mir wurde allmählich klar, dass es nirgends schlimmer war als zu Hause. Wenn Mrs. Peebles so war wie ihr Sohn, dann würde sie zumindest nett sein. Ich fragte mich, wo Mrs. Peebles wohnte, und dann fiel mir die Adresse wieder ein, die Blinkers mir gegeben hatte: es war eine Insel in Hampshire. Es wäre wunderbar gewesen, wenn sie in Wales gewohnt hätte, und ich den Bauernhof hätte sehen können, wo meine Mutter früher gelebt hat. Ich hatte mir im Geist ausgemalt, wie es in der Gegend von Wales aussah, aus der meine Mutter kam. Dort war immer Frühling und alles war ganz grün und die Sonne glitzerte auf Wasserfälle und feuchte Schieferdächer; die Berge waren unglaublich hoch und mit wilden Ziegen übersät, die riesige Hörner hatten. Ich versuchte, mir Mrs. Peebles' Insel vorzustellen; doch ich konnte nur an Inseln mit Palmen denken, und Blinkers sah nicht aus, als käme er von solch einer Insel.

Am Nachmittag machte ich einen Rosinenkuchen, doch in Gedanken war ich bei anderen Dingen. Die Rosinen sanken alle nach unten und der Kuchen klebte an der Kuchenform fest und zerbrach, als ich ihn herauslöste. Während ich dastand und auf das Kuchenwrack hinabblickte, klingelte Henry Peebles und ich machte ihm auf. Er sagte: »Was für ein himmlischer Duft – genau wie ein Weihnachtskuchen!« und ging schnurstracks in die Küche. Während ich an die Haustür ging, war dem erbärmlichen Kuchen sogar noch Schlimmeres widerfahren: Er war jetzt auf die Hälfte zusammengefallen.

»Was soll ich um alles in der Welt mit so einem Kuchen machen?«, fragte ich verbittert.

Blinkers sagte: »Da gibt's nur eins: ihn essen, bevor er kalt wird.«

Also machte ich Tee und dazu aßen wir den ramponierten Kuchen. Ich wartete die ganze Zeit darauf, dass er den Besuch bei seiner Mutter ansprechen würde, aber dazu machte er lange keine Anstalten. Erst, als wir fast den ganzen Kuchen aufgegessen hatten, und ich das schon bereute. Dann sagte er, ich solle seiner Mutter Gesellschaft leisten. Zwar wohnten ein paar Leute bei ihr im Erdgeschoss, die für sie arbeiteten, aber nicht der richtige Umgang für sie seien. Sie schien sehr eigenartig zu sein, sehr distanziert und manchmal deprimiert; doch an mir habe sie Interesse und wir sollten uns umeinander kümmern – das werde großartig funktionieren. Blinkers strahlte mich mit seinen freundlichen, blinkernden Augen an, und ich sagte, ich hoffte, seine Mutter werde mich mögen. »Selbstverständlich«, rief er aus, »lieben wird sie dich.« Dann streichelte er sanft über meine nackten Arme und da wusste ich, dass er immer noch wollte, dass ich Alice Peebles würde.

Dann kam Vater nach Hause und es gab nichts für ihn zum Tee, nur den restlichen ramponierten Kuchen, der jetzt kalt und schwer war.

Alles war arrangiert und ich sollte das Haus noch vor Ende der Woche verlassen. Jetzt, wo ich ging, wurde Vater fast liebenswürdig zu mir: so groß war seine Erleichterung. Ich muss ihn wohl an Mutter erinnert haben, und außerdem konnte er das Gefühl nicht ertragen, für jemanden verantwortlich zu sein, den er zutiefst verabscheute. Oft hielt ich mich selbst für verachtenswert und minderwertig, sonst hätte er ja nicht solche Gefühle mir gegenüber gehegt. Dann wieder schien etwas von seiner Wildheit in mir hochzukommen und ich hätte ihm am liebsten entgegengebrüllt: »Du bist derjenige, der verachtenswert ist! Wenn ich nicht bei dir wäre, wäre mit mir alles in Ordnung! Hol dich der Teufel!« Aber das habe ich natürlich nie gewagt. Den Vater zu verfluchen, ist schon eine schwere Sünde, aber auch nicht schlimmer, als wenn ein Vater seine Tochter verflucht. Wie dem auch sei, jetzt verfluchte er mich weder noch drehte er sich weg, wenn er mit mir sprechen musste. Er war barsch und ungeduldig, jedoch auch umsichtig und vernünftig, und während der Mahlzeiten redete er manchmal mit mir. Als wir einmal Leber aßen, sagte er plötzlich: »Auf dem Land ist es kalt, du wirst sehen, und du brauchst warme Sachen – einen Mantel … ein Kleid … was weiß ich. Mrs. Churchill soll sich ansehen, was du hast, und eine Liste machen. Aber kein Schwarz, wohlgemerkt. Für Trauerkleider gebe ich kein Geld.«

Mrs. Churchill war begeistert, dass ich fortging. Irgendwie ärgerte ich mich darüber – alle waren froh, dass ich ging – doch bei Mrs. Churchill wusste ich, dass sie dachte, es sei zu meinem Besten. Sie sagte immer: »Es ist wirklich nett von Mr. Peebles, dass er das macht. Ich könnte ihn dafür küssen, doch, im Ernst. Er ist wirklich nett, wenn man bedenkt, dass er ein Mann ist.« Der Gedanke daran, wie überrascht Blinkers wäre, wenn Mrs. Churchill ihn plötzlich umarmte, brachte mich zum Lachen und ich wünschte, sie würde ihre Drohung wahr machen. Jedes Mal, wenn er vor der Haustür stand, strahlte sie ihn an und tätschelte ihn auf dem Weg durch die Diele. Selbst Vater schien ihn zu mögen. Ich auch, doch manchmal bekam ich Erstickungsgefühle, vielleicht weil ich nicht an Freundlichkeit gewöhnt war. Manchmal überschwemmte er mich geradezu mit seinen sanften Blicken, und ich dachte dauernd: »Ich muss dankbar sein«; und so saßen wir auf den steifen Esszimmerstühlen, und Blinkers war nett und ich dankbar.

Er sagte mir, er werde zusammen mit einem anderen Tierarzt auf der anderen Seite des Flusses eine Praxis eröffnen, an einem Ort, der Earl's Court hieß. Es gab dort keine Earls, jedoch viele alte Damen mit kleinen Hunden und großen Katzen, die ständig behandelt werden mussten. Er sagte, er werde sehr reich werden und sich dann aufs Land zurückziehen. Bis dahin werde er seinen Hut vor jedem Pekinesen ziehen, dem er begegnete.

Vater gab Mrs. Churchill Geld, damit sie mir neue Kleider kaufte, doch sie weigerte sich, »übers Wasser zu gehen« und so mussten wir die Sachen in Brixton kaufen. Trotzdem fand ich einen wunderbaren Mantel, dunkelgrün mit Borte und ziemlich streng geschnitten, zu dem eine Art Pillbox-Hut gehörte. Er war so teuer, dass das Geld danach nur noch für einen grünen Rock und zwei Flanellblusen und eine aus echter Seide reichte. Für Unterwäsche war kein einziger Penny mehr übrig, also musste ich mit dem auskommen, was ich hatte. »Der alte Schnauzbart darf nicht erfahren, dass du untendrunter ganz verlottert rumläufst, sonst zwingt er uns, den schönen Mantel zurückzugeben. Dummer alter Idiot! Ein schöner Mantel ist allemal wichtiger für ein Mädchen als Wollunterhosen.«

Mrs. Peebles schrieb mir nicht. Ich hätte gerne einen Willkommensbrief erhalten, doch ihr Sohn sagte, sie erwarte mich, und das Zimmer, das ihm gehört hatte, als er klein war, sei für mich zurechtgemacht worden – »obwohl ich es lieber gehabt hätte, wenn sie dir eines mit Blick auf die Creek[3] gegeben hätte«, fügte er hinzu. Ich wusste nicht genau, was eine Creek war, deshalb war es mir auch nicht besonders wichtig, ob ich sie von meinem Fenster aus sah oder nicht. Viel wichtiger war mir, dass Mrs. Peebles mich mochte.

An meinem letzten Tag zu Hause kam der Vivisektionist mit seinen spitzen, gelben Schuhen zu uns, und es regnete aus schweren, grauen, pilzartigen Wolken. Auf der Bank in der Diele saßen nasse Leute mit nassen Tieren und warteten auf Vater. Der Papagei zitterte auf seiner Stange. Seit er in

3 kleine Bucht [Anm. d. Ü.]

der Toilette gelebt hatte, war er nicht mehr der alte, und jetzt fing er auch noch an, sich die eigenen Federn auszurupfen, sodass er kahle Stellen hatte, an denen die Haut bleich und schuppig war.

Meine Kleider wurden in einen schwarzen Koffer eingepackt, der Mutter gehört hatte. Ich sah ihn immer, wenn ich in mein Schlafzimmer ging, mit den Kofferschildern am Handgriff, und setzte mich dann aufs Bett und betrachtete ihn. Dabei fragte ich mich, in was für einem Zuhause wir wohl morgen sein würden, mein Koffer und ich. In der Diele im unteren Stockwerk wischte Mrs. Churchill zum dritten Mal schmutzige Fußabdrücke weg, wobei ihr Bulldoggengesicht unter der Schirmmütze verschlossen und ärgerlich wirkte. Dann zog sie ihren Regenmantel an, der am Kragen ganz schmierig war, und ging fort.

Als nächstes war der kleine Hank an der Reihe. Er kam aus dem Tierzimmer gestapft, und sein ernstes Gesicht war weiß und müde. Der erschöpfte Junge tat mir plötzlich leid: Arm und unterernährt wie er war, rief ich ihn in die Küche. Er kam langsam schlurfend herein und dachte schon, ich würde ihn schimpfen, weil er irgendeine Arbeit nicht verrichtet hatte. Ich schnitt eine dicke Scheibe Früchtebrot ab und gab sie ihm. Ich hatte erwartet, dass er sie mir aus der Hand reißen würde, doch er nahm sie behutsam entgegen und betrachtete sie aufmerksam. Überrascht fragte ich ihn, warum er sie nicht esse, und er murmelte: »Weil ich mich, wenn ich sie gegessen habe, daran erinnern will, wie sie ausgesehen hat.« Dann stellte er sich neben die Küchentür und aß seinen Kuchen mit ganz kleinen Bissen. Als er fertig war, las er ein paar heruntergefallene Rosinen vom Boden auf, aß eine nach der anderen, und schlich dann ohne ein Wort hinaus und verließ das Haus.

Als ich Vaters Teegeschirr abräumte, saß er am Tisch, die breiten Hände links und rechts vom Teller, der jetzt mit hart gewordenen Essensresten beschmiert war. Ich stellte das schmutzige Geschirr auf ein Tablett. Den Teller zwischen seinen fürchterlichen Händen zu berühren, fiel mir schwer; sogar auf seinen Fingern hatte er schwarze Haare. Zu meiner Erleichterung stand er auf einmal vom Tisch auf und setzte sich in den Ledersessel. Ich spürte, dass er mich ansah, und meine Hände zitterten beim Abräumen. Plötzlich schrie er: »Beeil dich, Mädchen. Hör doch um Gottes willen auf, so zappelig zu sein! Ich will mit dir reden.« Irgendwie brachte ich es fertig, das Geschirr in die Küche zu tragen, doch als ich wiederkam, stieß ich in meiner Nervosität gegen die Tür, sodass die Hunde auf der anderen Seite der Diele zu bellen begannen. Ich ging ins Zimmer, wo Vater mich immer noch ansah. Ich stand neben der Tür und hielt die Türklinke fest, damit ich nötigenfalls schnell entfliehen konnte. Er nahm eine Salmiakpastille aus der Silberdose an seiner Uhrkette und betrachtete mich weiter, während er sie geräuschvoll kaute. Der süße

Duft, den ich mit meinem Vater verband, machte mir noch mehr Angst, auch wenn er anderen Leuten ganz harmlos vorkommen musste. Plötzlich fing er an zu sprechen, und es wirkte, als hätte er vorher geprobt.

»Es gibt Dinge, die wir besprechen müssen und das tue ich hiermit. Es geht vor allem darum, dass du dieses Haus morgen verlässt. Hoffentlich sehe ich dich nie wieder. Dieser junge Mann, Peebles, scheint Gefallen an dir gefunden zu haben – und er kann dich, bei Gott!, behalten. Du bist nie mein Kind gewesen. Wusstest du, dass du erst mit zwei Jahren laufen konntest? Zu sehen, wie du auf dem Hintern herumgerutscht bist, statt wie ein anständiges Kind zu laufen, hat mich ganz krank gemacht. Sieh dich jetzt an, kränklich und blass, wie ein ausgewaschener Lappen, und nichts auf den Rippen. Doch auch wenn du ein elendes Ding bist und kein Kind von mir, hab' ich dich je knapp gehalten? Sag's mir ruhig!«

»Nein, Vater«, flüsterte ich.

Er warf mir einen vernichtenden Blick zu und fuhr fort: »Wusstest du, dass ich deine Mutter wegen ein paar elendiger hundert Pfund geheiratet habe? Wenn ich ein Jahr gewartet hätte, sogar weniger als ein Jahr, hätte ich den zehnfachen Betrag bekommen, aber deine Mutter hat mich mit ihren elenden hundert in die Falle gelockt. Wenn sie einen Sohn geboren hätte, hätte ich ihr vielleicht vergeben, aber nicht mal das hat sie fertiggebracht. Ihre Brüder nannten sie die ›Singmaus‹, und sie hatten noch mehr Kosenamen für sie. Doch ich sorgte bald dafür, dass sie aus der falschen Seite ihres Munds sang, und das geschah ihr recht. Aber ich habe sie nie knapp gehalten.«

Seine Stimme wurde leise und er blickte mich nicht mehr an. Er redete mit jemand anderem. »Ich habe dich nie knapp gehalten, obwohl du für mich weniger warst als eine Haushälterin. Ich hätte dich hinauswerfen können, wegen deiner Täuschungsmanöver und deiner Kränklichkeit, doch ich habe dich hier wohnen lassen, als Mrs. Rowlands, obwohl mich dein Anblick und der deiner zimperlichen Tochter angewidert hat. Jetzt bist du tot, und das ist besser für uns beide. Du bist an einer schmutzigen Krankheit dahingefault; sei froh, dass du tot bist, das sag ich dir. Ich habe dich nie eingeschränkt; eingeschränkt hast du dich selbst. Ich habe dir einen schönen Sarg ausgesucht. Was willst du mehr? Deine blütenweiße Tochter …?«

Mein Vater bemerkte nicht, dass ich aus dem Zimmer ging.

Kapitel Zwölf

Es war der Morgen, an dem ich das Haus verlassen sollte. Die traurige Novembersonne schien durch das fleckige Glas in der Diele und warf schreckliche Muster auf Vater, der an der Treppe stand und darauf wartete, dass ich fortging. Henry Peebles fuhr mit einer Droschke vor, um mich mit meinem schwarzen Koffer zum Bahnhof zu bringen. Vater gab ihm das Geld für eine einfache Fahrkarte, die mich fortschaffen würde. Der Droschkenkutscher nahm meinen Koffer auf die Schulter und ging, gebückt unter der Last, zur Tür hinaus. Es war Zeit zu gehen.

Ich sagte »Auf Wiedersehen, Vater« und er sagte »Auf Wiedersehen, Alice«. Zum ersten Mal in meinem Leben nannte er mich bei meinem Namen. Als ich dem Droschkenkutscher durch die Tür folgte, drehte ich mich um und sah Vater an. Er stand in der Diele auf dem abgetretenen türkischen Teppich, und da die Tür jetzt offenstand, fiel klares Sonnenlicht auf ihn. So verließ ich das Haus und Blinkers setzte mich in den Zug.

Eine ganze Weile lang raste London hinter den Zugfenstern vorbei; dann sah man grünes, aber blattloses Land und Felder mit Kühen und Schafen. Ich hätte nie gedacht, dass es so viele Rinderarten gibt, in lauter verschiedenen Farben. Manche hatten gar keine Hörner und ich sah einen Stier, der eine furchtbare Maske über dem Gesicht trug. Anfangs war ich mit diesen Beobachtungen beschäftigt und mit der Sorge um meinen Koffer, den mir ein Gepäckträger sofort abgenommen hatte. Dann begann ich die Mitreisenden eingehend zu betrachten.

Obwohl ich lieber ein Erster-Klasse-Raucher-Abteil gehabt hätte, hatte mich Blinkers in ein Zweiter-Klasse-Damen-Abteil gesetzt. Gegenüber von mir auf dem Platz in der Ecke saß eine klapperdürre in Bonbonrosa gekleidete Frau mit Pony. Vor Ende der Reise erzählte sie mir, sie sehe Queen Alexandra ähnlich. Ich war verblüfft. Sie tauschte den Platz mit mir, weil ihr, wie sie mir erklärte, immer schlecht wurde, wenn sie mit dem Rücken zur Lokomotive fuhr. Das wollte ich nicht, deshalb tauschte ich mit ihr. Der Blick aus dem Fenster verlief jetzt verkehrt herum. Eine grauhaarige, üppige Frau mit Hängemund fing an, mich über meine Familie und das Ziel meiner Reise auszufragen. Sie war so fest in ihr Korsett eingeklemmt, dass man bei jeder Bewegung ein Knarren hörte. Sie war mit einem Stadtrat verheiratet und ignorierte die bonbonrosa Frau. Im Abteil gab es auch noch eine andere Reisende: eine kleine unverheiratete Dame, die immerzu vor sich hinlächelte. Sie machte aus alten Handtüchern Gesichtswaschlappen, indem sie die Ränder bunt umhäkelte. Sie sagte, die Waschlappen seien als Weihnachtsgeschenke gedacht, und ich nahm mir vor, Mrs. Churchill zu schreiben und ihr davon zu erzählen, weil sie vielleicht zu den von ihr sogenannten »Neuheiten« zählten. Nur dass ich mir nicht vorstellen konnte, dass die Sachen, die Mrs. Churchill selbst gemacht hatte, besonders sauber aussahen.

Ich hatte ein kleines Paket mit belegten Broten, die sie am Morgen für mich vorbereitet hatte, doch ich war zu schüchtern, sie im Zug vor den fremden Frauen zu essen. Um zwei Uhr hatte ich mich immer noch nicht an die Brote gewagt – und war fast am Ende meiner Reise, der Zugreise zumindest. Mir wurde allmählich schlecht, und ich fragte mich, ob es vielleicht ein Fehler war, mit dem Rücken zur Lokomotive zu sitzen. Ich legte die belegten Brote unter meinen Sitz, doch die Frau des Stadtrats sah sie und sagte, ich solle kein Essen verschwenden, später wäre ich froh über die Brote. Also musste ich auf dem Boden herumkriechen und sie aufheben.

Als ich ausgestiegen war, hatte ich Befürchtungen wegen meines Koffers, stand auf dem Bahnsteig, biss mir hilflos in die Finger, die in Handschuhen steckten, und blickte dem davondampfenden Zug hinterher. Höchstwahrscheinlich nahm er alle meine Habseligkeiten mit, sodass ich nur noch die gebrauchte Zugfahrkarte hatte und die Kleider, die ich am Leib trug. Als der Zug fort war und Stille herrschte, hörte ich Tauben vor sich hingurren und sah neben mir auf einem Gepäckwagen Körbe voller Vögel. Manche Körbe hatten Anhänger, auf denen stand, wann genau man die Tauben fliegen lassen sollte. Ich stellte mir vor, wie überrascht und dankbar sie wären, wenn der Korbdeckel plötzlich aufginge: Sie würden die glänzenden Äuglein kurz bewegen und aufhören zu gurren; und dann würden sie alle im Schwarm in die Sonne davonfliegen.

An die Tauben zu denken, beruhigte mich ein bisschen. Ich zerkrümelte meine belegten Brote und steckte die Krumen durch die Korbritzen und aß selbst etwas von dem Schinken. Ich blickte mich im Bahnhof um und sah eine paar Leute und einen Gepäckträger um einen Haufen Koffer irren. Darunter befand sich auch mein Koffer, der größer war als alle anderen. Ich bahnte mir einen Weg, indem ich mich recht rüde an den anderen Leute vorbeidrängte, ihn am Griff packte und sagte: »Der gehört mir« – doch niemand hörte zu. Das gesamte Gepäck war bald verschwunden, nur mein Koffer stand noch da, und als der Gepäckträger mich fragte, ob ich Hilfe bräuchte, schüttelte ich den Kopf, weil ich nicht wusste, was als nächstes geschehen sollte. Dann tauchte ein Mann namens Povey-the-Carrier auf und fragte, ob ich Alice Rowlands sei. Es war schön, meinen Namen zu hören, auch wenn die Stimme anders klang, als die Stimmen, an die ich gewöhnt war.

Povey-the-Carrier brachte mich vom Bahnhof fort. Schon bald gelangten wir zum Wasser, aber es herrschte Ebbe und es war auch nicht das Meer, sondern nur eine Art Fluss, über den wir auf einer Mautbrücke fuhren. Ein paar Boote lagen in der goldenen Nachmittagssonne auf die Seite gekippt im Schlamm. Die Insel war wunderschön flach, auch wenn ich eigentlich Berge erwartet hatte. Die Luft, die an mein Gesicht drang, war sehr frisch und doch weich, und auf einmal war ich voller Hoffnung und gar nicht mehr besorgt. Ich dachte, dass der Geist meiner Mutter sehr froh über mein Glück sein musste. Langes, raschelndes Gras wiegte sich im Nachmittagswind, und kahle Bäume säumten die engen Straßen. Ich hatte das Land noch nie richtig gesehen. Zwar hatte ich die Aussicht vom Zugfenster aus genossen, doch es durch die Fensterscheibe in der Ferne wie ein Gemälde vorbeirasen zu sehen, war nicht dasselbe. Jetzt befand ich mich wirklich inmitten der Landschaft, und konnte sie außerdem hören: die Schreie der seltsamen Seevögel und das düstere Krächzen der Krähen, als wir unter einer ganzen Siedlung großer, unordentlicher Nester vorbeikamen. An einem Bauernhaus auf dem Weg gaben riesige weiße Vögel mit kleinen Köpfen singende Laute von sich, als wir vorbeifuhren. An einem offenen Tor stand eine Frau und rief ihre Kühe, die daraufhin majestätisch eine hinter der anderen zu ihr kamen, ohne dass jemand sie getrieben hätte. Ein Fasan stieß einen erschrockenen

Schrei aus und flatterte, als wir näher kamen, von einer Hecke herab, und eine lange Feder fiel ihm aus dem Schwanz und schwebte sacht zu Boden. Ich stellte Povey-the-Carrier Fragen zu fast allem, was ich sah. Er antwortete mir sehr langsam, so als spräche er mit einer Ausländerin oder einem ganz kleinen Kind, und sagte immer erst Dinge wie: »Gibt es denn bei euch in London keine Fasane?« oder »Hält sich Ihr Papa etwa keine Gans? Gänse sind hervorragende Wachhunde.« Aber mit meiner Frage, wann aus seinem Pony ein erwachsenes Pferd würde, muss ich ihn schockiert haben.

Wir fuhren auf schmalen Straßen, die sich wie Schlangen bogen und wanden. Dann kamen wir an ein Bauernhaus, vor dem ein großer Teich war und bogen in ein Sträßchen ein, von dem man nie gedacht hätte, es könne irgendwohin führen, doch es führte geradewegs zu Mrs. Peebles Haus. Das Haus tauchte ganz plötzlich auf und war viel größer, als ich erwartet hatte. Weil es mit Efeu überwachsen war, war es dunkel und davor standen seltsame hellgrüne Bäume, die wie Kreisel geformt waren. Um die Haustür herum hatte man einen hässlichen, wuchtigen, braunen Windfang gebaut, der dem Haus etwas Düsteres verlieh – das noch dazu unbewohnt wirkte.

Als ich vom Wagen heruntersteig, ging auf einmal die Tür auf, und eine pummelige, kleine Frau mit einer riesengroßen, schmutzigen, weißen Schürze kam heraus. Sie hielt einen fast kahlen Besen in der Hand, und als sie mich sah, stellte sie ihre Füße, die in schwarzen Stiefeln steckten, links und rechts neben den Besen und begann aufgeregt auf und ab zu springen. Ich dachte »Meine Güte, das kann doch nicht Blinkers Mutter sein«, und ging entsetzt auf sie zu. Sie hüpfte immer noch wie ein kleiner Kobold auf und ab. Während sie mich durch ihre stahlgerandete Brille anstarrte, rief sie: »Ich bin Mrs. Gowley – ebenfalls aus London. Ich führe dieses Haus mit meinem Mann – falls man es Haus nennen kann« – und dann brach sie in schallendes, gehässiges Gelächter aus. Ich sah Povey-the-Carrier an und er zwinkerte mir beruhigend zu, also dachte ich »In Ordnung, sie ist nur ein bisschen verschroben«, und beachtete sie nicht weiter. Als mein Koffer ins Haus getragen wurde, beäugte sie ihn; und dann beäugte sie mich, während ich die Treppe hinaufging, und sagte: »Sie sind spindeldürr und sehen ganz krank aus. Sie und Mrs. Peebles sind ein schönes Paar.«

Durch den Windfang gelangte ich in einen langen, mit Steinplatten ausgelegten Flur. Als erstes fiel mir das seltsame Licht auf: Anscheinend gab es kein Fenster, doch von der Decke drang Tageslicht nach unten. Ich blickte nach oben und sah, dass die Decke aus einem kunstvoll gearbeiteten Eisengitter bestand und dass das Licht aus dem darüber liegenden Dachfenster kam. Das Treppenhaus bestand ebenfalls aus Schmiedearbeit. Ich ging hinter dem schrecklichen Gowleykobold die scheppernden Stufen hinauf. Ich musste sehr vorsichtig gehen, weil meine Absätze sich sonst in den schmiedeeisernen Verzierungen verheddert hätten, doch die Gowley trampelte mit ihren großen Stiefeln voran. Auf dem Treppenabsatz blickte ich durch das Gitterwerk in die Diele hinunter und als ich das Licht zu mir heraufkommen sah, fühlte ich mich plötzlich seltsam unsicher.

Wir stapften den Korridor entlang, bis wir vor einer kleinen, breiten Treppe standen – Stufen mit echtem Teppich – und zu drei weißen Türen gelangten, die zu einem kleinen Treppenabsatz führten. Der Treppenabsatz war massiv und mit Linoleum ausgelegt, und vor jeder Tür lagen kleine pelzige Matten. Die Gowley ging zu einer Tür, blickte schamlos durchs Schlüsselloch und klopfte laut. Ich hörte keine Antwort, doch sie riss die Tür auf und marschierte ins Zimmer. »Die junge Dame ist da, Mrs. Peebles, hier, bitte sehr!« Ohne abzuwarten setzte sie sich in einen Sessel und sagte: »Mr. Gowley und ich gehen heute Abend aus, deshalb müssen Sie den Boiler allein bedienen – von mir aus kann er auch von selber ausgehen. Ich weiß sowieso nicht, was Sie mit so viel Wasser wollen.«

Eine unglaublich große, dünne Frau erhob sich vom Sofa neben dem Fenster. Sie blickte die Gowley verächtlich an und schickte sie aus dem Zimmer. Einen Augenblick lang saß die untersetzte Frau breitbeinig und mit einem gehässigen Grinsen in ihrem Sessel; dann stand sie schnell auf, schüttelte den Kopf in gespielter Verwirrung und sagte: »Nun denn, da kann ich nur hoffen, dass Sie miteinander auskommen. Und denken Sie dran: Über den Boiler hab ich Ihnen Bescheid gesagt.« Sie ging leise kichernd aus dem Zimmer. Ich hörte, wie sie auf dem Treppenabsatz vor der Tür stehen blieb und glaubte, das Glitzern ihrer Brille durchs Schlüsselloch zu sehen.

Ich behielt die Tür weiterhin im Auge und sagte zu Mrs. Peebles: »Sie ist immer noch da. Wissen Sie, dass sie durchs Schlüsselloch sieht und an der Tür lauscht?« Dann drehte ich mich zu Mrs. Peebles um, die ganz gekrümmt auf dem Sofa saß, und leise vor sich hinweinte. Sie so zu sehen war schrecklich – so hochgewachsen und traurig. Ich ging zu ihr und legte meine Hand auf ihre arme dünne Schulter, doch sie schüttelte sie ab und rief: »Fassen Sie mich nicht an! Lassen Sie mich in Ruhe!« Vor lauter Angst rührte ich mich nicht, sondern stand nur da und starrte sie an; selbst wenn ich weggerannt wäre, hätte ich an der schrecklichen Mrs. Gowley vorbei gemusst und an der Eisentreppe mit dem Treppenabsatz.

Dann begann sie sich mühsam aufzurichten, blickte mich mit ihren großen, übervollen Augen an und sagte mit bebender Stimme: »Aber du bist ja noch ein Kind! Komm, setz dich zu mir, Liebes, und verzeih mir mein dummes Benehmen. Es ist wegen der schrecklichen Frau. Seitdem ich diese Beschwerden habe, war immer irgendeine abstoßende Gestalt im Haus, doch die hier ist die schlimmste – mit ihren neugierigen Blicken und ihrer groben Art. Aber du hast ihren Mann noch nicht erlebt. Er ist unheimlich und er schielt, mein Liebes, und vermutlich trinkt er auch. Mein Sohn hat die beiden überstürzt eingestellt, weil er nicht zulassen will, dass ich hier allein lebe – und der Arzt ist auch seiner Meinung.« Sie wandte sich von mir ab. »Ach, wie ich mich danach sehne, allein zu sein!«

Ich stand da und sah sie an. Ich fragte mich, ob ich aus dem Zimmer gehen sollte, doch auf einmal lächelte sie mich wider Erwarten freundlich an und bat mich, neben ihr Platz zu nehmen.

Wir saßen also in dem dunkler werdenden Zimmer beisammen und freundeten uns an. Sie erzählte mir, Henry habe gesagt, ich sei zu Hause in Gefahr, und damit hatte er wahrscheinlich den schrecklichen Cuthbert gemeint. Ich hoffte, dass er ihr die Sache nicht weitererzählt hatte, doch selbst wenn sie etwas davon wusste, ließ sie sich nichts anmerken. Sie schien von den Gowleys besessen zu sein und hoffte inbrünstig, dass ich sie vor ihnen beschützte.

In dem großen dunklen Zimmer war es jetzt fast völlig finster, nur der Schein des Feuers war noch zu sehen, und ich hätte liebend gern die Vorhänge zugezogen und Licht gemacht. Ich meinte, eine hohe Messinglampe schimmern zu sehen und auf dem Kaminsims standen Kerzen zum Anzünden bereit.

Die undeutliche, traurige Stimme sprach immer weiter:

»Als das Haus fast abbrannte, war mein Mann noch am Leben. Ich vergesse nie, wie die alte Floss geheult hat. Doch wir konnten sie nicht erreichen: Wir waren hier in diesem Zimmer gefangen und der Rauch drang unter der Tür herein. Henry befand sich im nächsten Zimmer und war in Sicherheit, doch die arme alte Floss starb – ebenso wie das kleine Dienstmädchen, das wir damals hatten. (Ich glaube, sie hieß auch Alice); man fand die verkohlte Leiche zusammengekauert auf dem Treppenabsatz. Ich dachte, sie sei schwarz wie verbranntes Papier – doch sie war fürchterlich rötlichbraun. Das arme Mädchen! Manchmal denke ich, das Feuer sei für meinen Kummer verantwortlich.«

Sie redete immer weiter. Wenn ich nicht so hungrig und müde gewesen wäre, hätte ich mich dafür interessiert. Schließlich wagte ich es, sie zu unterbrechen, als sie mitten in einer langen Geschichte über einen Bären war, der als Haustier gehalten und nur mit Brotlaiben gefüttert wurde, und der eines Tages ausbrach und zur Kirche lief. Dass sie das Brot erwähnte, machte mir Mut. Ich fragte sie, ob ich ihr Tee machen solle. Sie erwiderte: »Eigentlich nicht«, und redete noch eine Weile über den Bären. Dann fragte sie plötzlich: »Und du?«

Verblüfft antwortete ich: »Und ich was?«

»Ob du Tee möchtest?«

»Ja, sehr gerne.«

»Ach du liebes bisschen! Bin ich unhöflich gewesen? Ich hätte dir Tee anbieten sollen, als du kamst. Jetzt ist es dunkel. Im Dunkeln können wir nie im Leben Tee machen.« Sie stand vom Sofa auf und suchte auf dem Kaminsims hektisch nach Streichhölzern. In einer Vase sah ich ein paar bunte Fidibusse, zündete einen am Kaminfeuer an und bald verströmten die Kerzen ihr flackerndes, sanftes Licht. Ich wollte noch viel mehr Licht. Ich zündete die Lampe an und wartete ungeduldig, bis sich die Glasglocke aufgewärmt hatte, damit ich die Lampe ganz aufdrehen konnte. Mrs. Peebles zerrte kraftlos an den grauen Samtvorhängen. Ich zog die Vorhänge für sie zu und machte Feuer und brachte es zum Lodern. Ich blickte im Zimmer umher und war überrascht, wie elegant dieses Wohnzimmer im ersten Stock war: Der blassblaue Teppich mit den Rosen und Liebesdoppelknoten gefiel mir so gut, dass ich meinen Hunger fast vergaß. In einem Schrank mit Glastür stand zartes Porzellan; und das Zimmer war mit hübschen kleinen Stühlen und Sofas mit geschwungenen Beinen übersät. Auf dem Kaminsims standen schöne Glassachen wie beispielsweise massive Tinkerbellglöckchen.[4] Es war der größte und schönste Raum, den ich je gesehen hatte.

Mrs. Peebles nahm eine kleine Lampe mit, und wir klapperten den eisernen Treppenabsatz ent-

---

4 Tinkerbell ist eine Fee in J. M. Barries Kinderbuch *Peter Pan* [Anm. d. Ü.]

lang, vorbei an Türen mit brauner Holzmaserung. Ich fragte mich, wo genau man die verbrannte Leiche der anderen Alice gefunden hatte. Am Ende des Treppenabsatzes kamen wir zu einem Raum, aus dem man eine Küche im ersten Stock gemacht hatte. Diese Küche hatte zwei Türen, und später erfuhr ich, dass die andere Tür in zwei schreckliche Zimmer führte, die völlig schwarz und verbrannt waren. Die Überreste verkohlter Möbel standen immer noch verlassen an den schwarz gewordenen Wänden. Der verbogene Rahmen eines Eisenbetts wirkte wie ein gefoltertes Skelett, und an den Fenstern ohne Fensterscheiben zerkrümelten die zerfetzten Reste eines brüchigen schwarzen Vorhangs.

In Mrs. Peebles Küche hörte man aus dem unteren Stock murrende Stimmen. Der Boden war zwar mit Linoleum ausgelegt, das jedoch Löcher hatte, durch die das Licht und die Stimmen heraufdrangen. Wenn man durch die Eisenlöcher blickte, sah man die Gowleys und ihre schmutzige, sauer riechende Küche. Mrs. Peebles setzte einen Kessel auf einen kleinen Spirituskocher und machte in einer Silberteekanne blassen Tee. In einem mittelgroßen Esszimmer mit schweren Möbeln tranken wir ihn aus zarten, geblümten Tassen.

Kapitel Dreizehn

In jener Nacht lag ich zum ersten Mal in meinem kleinen Zimmer über der Diele. Das Bett war sehr bequem, und ich war fast eingeschlummert, als etwas Seltsames geschah: Ich schien zu schweben. Ich versuchte, die Matratze mit den Händen zu berühren; aber sie war nicht da. Ich schwebte über ihr und das Bettzeug glitt herunter. Im Dunkel bewegte ich mich immer weiter nach oben – auch wenn mein Magen sich anfühlte, als sei er zurückgelassen worden. Ich glaube, ich berührte die Zimmerdecke beinah. Ich versuchte nicht, sie anzufassen, weil ich – warum, weiß ich auch nicht – meine Hände über der Brust gefaltet hatte. Auf einmal merkte ich, dass mir schlecht war. Ich dachte: »Ich bin bettkrank, nicht seekrank.« Das kam mir sehr witzig vor und ich fing an zu lachen, und davon sank ich schnell wieder nach unten auf mein Bett – nur meine Beine hingen über das Fußende heraus. Ein paar Minuten blieb ich dort liegen, während mir eigentümliche Gedanken durch den Kopf gingen. Dann spürte ich, dass mir ganz kalt war, und ich stand auf und machte mein Bett neu. Ich steckte die Bettdecke fest und kroch darunter, und blieb diesmal, soviel ich weiß, im Bett, denn ich schlief, bis die Morgengeräusche mich störten.

Als ich aufwachte, war es fast hell, und ich dachte, es müsse ungefähr acht Uhr sein. Warm und verschlafen lag ich da und dachte an die seltsame Begebenheit der letzten Nacht. Ich erinnerte mich, dass mir etwas Ähnliches in Mrs. Churchills merkwürdigem kleinen Wohnzimmer widerfahren war; und ich dachte, alle außer mir verstünden, warum sie ihrem Bett auf diese rätselhafte Weise entschwebten. Vielleicht hatte Rosa recht, und ich war ein bisschen naiv. Plötzlich fühlte ich mich einsam und deprimiert. Ich hörte, wie die Gowleys sich unten anknurrten.

Ich stand auf und sah mich in meinem Zimmer um, das ich am Abend vorher nur bei Kerzenlicht gesehen hatte. Es war ungefähr so groß wie mein Zimmer zu Hause, und die Wände waren butterblumengelb getüncht, was ich sehr reizvoll fand. Ein Bücherregal zog sich über die gesamte Wand, doch die Bücher waren eine Enttäuschung – lauter Schuljungenlektüre: Vergeblich suchte ich nach Mrs. Henry Wood, Ouida und Marie Corelli. Als ich mich gewaschen und angezogen hatte, zog ich die Vorhänge auf. Man erblickte die kreiselförmigen Bäume, die mir schon bei meiner Ankunft aufgefallen waren, aber das Meer war nicht zu sehen – nur flache Felder. Es wirkte überhaupt nicht wie eine Insel, und ich wandte mich enttäuscht wieder meinem Zimmer zu.

Ich bemerkte, dass in das Wachstuch am Boden Bilder aus *Struwwelpeter* eingeprägt waren, die an manchen Stellen schon recht abgenutzt, aber immer noch erkennbar waren: der arme Daumenlutscher und der Schneider-mit-der-Schere und der pummelige Suppenkasper und der Struwwelpeter mit den langen Haaren und Nägeln. In manchen Bildern waren Löcher und zu meinem Entsetzen sah ich das Licht hindurchscheinen und mir wurde bewusst, dass mein Schlafzimmerfußboden aus durchbrochenem Eisen bestand. Ich legte mich auf den Boden und blickte durch ein Loch auf die grau und weiß geflieste Diele im unteren Stockwerk, als plötzlich jemand ohne zu klopfen die Tür öffnete, und Mrs. Gowley über mir stand und mich angrinste. Sie hatte eine Kanne mit dampfendem Wasser dabei. »Hier ist dein Wasser, aber wahrscheinlich brauchst du es jetzt nicht mehr, weil du schon angezogen bist. Ich bring' es dann Mrs. Peebles.« Ich schämte mich, dass diese schreckliche Frau mich auf dem Boden hatte liegen sehen, und stand schnell auf. Als sie aus dem Zimmer ging, sagte sie, das Frühstück sei in ungefähr einer halben Stunde fertig. Ich dachte, wenn sie jetzt Frühstück holen geht, kann ich genauso gut nach draußen gehen und mir die Rückseite des Hauses ansehen, und vielleicht einen Blick aufs Meer werfen.

Ich machte die Schlafzimmertür auf und hörte, wie Mrs. Gowley in der oberen Küche herumpolterte. Von Mrs. Peebles war nichts zu sehen. Ich ging den Treppenabsatz entlang, und versuchte, so wenig Lärm wie möglich zu machen, doch die Stufen machten einen Höllenlärm; selbst als ich schon im Flur war, klangen sie noch nach. Ich sah mir alle braunen Türen an, mochte sie aber nicht öffnen, weil sich vielleicht Gowleys dahinter verbargen; vielleicht gab es ja eine ganze Familie von ihnen. Am Ende des Flurs war eine Tür aus Buntglas mit einem Bild von William Shakespeare. Auf das Glas waren Zeilen von *Wie es euch gefällt* gedruckt. Ich stand ein Weilchen da und las sie voller Bewunderung, bevor ich die Tür öffnete. Dahinter befand sich das Gerippe eines großen, glaslosen Wintergartens. Dort waren keine Blumen – nur leere Blumentöpfe und vertrocknet aussehende Weinreben, die sich überall ausgebreitet hatten. Es gab noch eine weitere Tür, die in den Garten führte.

Als ich nach draußen trat, war die Sonne gerade aufgegangen und es war ganz hell. Der Garten war groß und offen, und dahinter schimmerte das Wasser durch die Kiefern. Ein schmaler Pfad führte durch eine Tannenschonung. Ich folgte ihm bis ans Wasser. So hatte ich mir die Insel ausgemalt; aber sie war noch viel schöner. Die Flut kam näher, doch auf dem Watt saßen Möwen, die wegen des Himmels bläulich wirkten. Auf der anderen Seite des Wasser lagen die flachen Felder, auf denen sich lange Gräser sanft hin- und herbewegten; zu meiner Linken war das offene Meer, auf dem Boote langsam dahinschaukelten. Ich folgte dem Weg zum Meer, der an einem Obstgarten mit seltsamen, alten, missgestalteten Bäumen vorbeiführte, die mit graugrünem Moos überwachsen waren. Dann jedoch wurde der Weg vor lauter Schilfrohr und überhängenden Bäumen fast unpassierbar, und ich kehrte um. Ein Anlegesteg aus Holz war ins Wasser gebaut. Ein paar Teile fehlten, doch ich ging trotzdem bis ans Stegende, um ein kleines Schlauchboot voll Wasser näher ins Auge zu fassen, das dort festgemacht war. Ringsum war es ganz still, nur das Schreien der Möwen war zu hören und in der Ferne ab und zu ein Gewehrknall.

Überwältigt von Ruhe und Glück und ohne die Kälte zu bemerken, stand ich dort. Dann ging ich langsam zum Haus zurück. Ich sah, dass es von hinten viel heller wirkte als von vorne, so als seien die verbauten Steine durch Sonne und Meer ausgeblichen. Am unteren Teil des Hauses verlief eine Veranda und von den Spalieren hingen winterliche Überreste von Kletterpflanzen und Büschen. Ich nahm dieselbe Tür, durch die ich aus dem Haus gegangen war, und begann meinen ersten Tag als Gesellschafterin von Mrs. Peebles.

An diesem ersten Tag war Mrs. Peebles beherrscht und ruhig. Später sollte ich erfahren, dass sie meistens so war, und dass die Tränen und Vertraulichkeiten des gestrigen Abends relativ selten waren. Sie war mir gegenüber sehr höflich und aufmerksam; doch ich merkte, dass sie es als störend empfand, mich dauernd in ihrer Nähe zu haben. Sie war froh, dass sie sich über mich mit den Gowleys verständigen konnte, und da sie das Haus nie zu verlassen schien, erledigte ich einen Teil ihrer Einkäufe. Die meisten Händler lieferten jedoch ins Haus. Mrs. Peebles hatte so gut wie kein Interesse an Essen; bevor ich kam, hatten die Gowleys das, denke ich, ausgenutzt und sie praktisch verhungern lassen. Doch jetzt, wo ich da war, geboten es ihre Höflichkeit und Großzügigkeit, dass ich etwas Anständiges zu essen bekam, und so tauchten häufig gut gekochte, aber schlecht servierte Gerichte auf. Manchmal brachte ein verstaubter Deckel auf einer Gemüseschüssel Mrs. Peebles dazu, schluchzend vor Scham aus dem Zimmer zu stürzen. Doch dann wiederum aß sie mit Gabeln, an denen eingetrocknetes Eigelb klebte, und schien sich nicht daran zu stören.

Für mich gab es wenig zu tun, und ich sah, dass es ihr lästig war, wenn ich dauernd fragte: »Was soll ich jetzt tun?« Manchmal flickte ich etwas und saß möglichst lange daran, zündete die Lampen an, wenn es dämmrig wurde, und machte den Nachmittagstee; als ich jedoch vorschlug, zu putzen, war sie ganz schockiert. Mrs. Gowleys Putzerei war sehr oberflächlich. Sie bestand darin, dass sie sich immer in der Nähe derjenigen Tür aufhielt, hinter der wir uns gerade befanden, und den Schmutz durch die Gitter ins untere Stockwerk warf, wo er dann meistens liegen blieb. Ich fand heraus, dass die Gowleys in sämtlichen alten Steinküchen wohnten. Das Zimmer, das früher das Esszimmer war, und die anderen Räume im Erdgeschoss wurden nicht benutzt. Sie waren fast leer und hallten seltsam, wenn man sie betrat. Feuchtigkeit und Schimmel wohnten jetzt dort, und schläfrige Marienkäfer, die sich vor dem Winter dorthin geflüchtet hatten.

In der Tannenschonung stand ein alter Zigeunerwagen, der einst in bunten Farben geglänzt hatte, jetzt aber zu einem matten Rosa und Grün verblichen war. Nach und nach machte ich mir diesen Wagen zu eigen. Ich nahm Tannenzapfen und Holzstückchen und entfachte ein Feuer im Ofen, und an sonnigen Tagen öffnete ich die obere Hälfte der Tür, lehnte mich nach draußen und beobachtete das Meer. Wenn es kalt oder nass war, klappte ich das Bett herunter, legte mich darauf, träumte und aß die Äpfel, die ich in einem grünen Schuppen neben der hinteren Tür entdeckt hatte. Manchmal las ich auch die Schuljungengeschichten aus meinem Schlafzimmer. Im Wohnwagen standen Bücher über Tiermedizin, die ich jedoch deprimierend fand, besonders die Illustrationen, unter denen Diagramme von Kalbsköpfen mit Wasser im Gehirn waren und Hühnerbeine mit Krallengeschwüren. Ich war froh, dass mein Vater derlei Fälle nicht hatte behandeln müssen.

Als ich dort einmal lag und träumte, tauchte Mrs. Gowleys plattes Gesicht über der Tür auf – platt und neugierig, mit einer Stahlbrille auf der Himmelfahrtsnase. Grinsend sagte sie: »Schön, wenn man wer ist und nichts tun muss.« Wenn man mir das gesagt hätte, bevor ich auf die Insel kam, hätte ich Schuldgefühle bekommen und wäre aufgesprungen, doch jetzt lag ich entspannt und faul da und erwiderte schleppend, ohne den Kopf zu wenden: »Sie tun ja auch nicht gerade viel, oder?« Der furchtbare Kopf begann auf und ab zu wippen, und ich dachte schon, sie würde gleich über die Tür springen, die ich zum Glück vorsichtshalber verriegelt hatte. »Gefällt mir! Ich muss schon sagen, das gefällt mir – ausgerechnet Sie sagen so was! Aber Sie fliegen bald in hohem Bogen hinaus. Warten sie nur, bis Mr. Peebles wieder da ist und herausfindet, dass sie seine Mutter vernachlässigt haben! Er hat extra uns ausgewählt, weil er weiß, dass wir vertrauenswürdig sind, und er hört auf uns – und wir haben ihm jede Menge zu erzählen!« Der schreckliche Kopf war verschwunden, und ich hörte, wie sie die Stufen nach unten stampfte und künstlich lachte, »Ha! Ha!« Ich musste wirklich lachen, weil ich mir sicher war, dass ich Blinkers überreden konnte, die Gowleys loszuwerden, und mich erinnerte, dass er sie eingestellt hatte, ohne sie auch nur gesehen zu haben.

Eine Zeit lang war ich verwirrt, wenn Mrs. Peebles auf ihren Kummer verwies. Ich dachte, sie meine vielleicht den Tod ihres Mannes, oder das ausgebrannte Haus. Doch laut der Gowleys hatte sie vor ein paar Jahren versucht, sich umzubringen. Der Brotlieferant hatte sie entdeckt – sie hing schlaff zwischen den Äpfeln in der grünen Scheune und er hatte die Geistesgegenwart gehabt, das schreckliche Seil mit einer Gartenschere durchzuschneiden und den Knoten um ihren Hals aufzubinden. Wenn ich sie ansah, schien manchmal ein unheilvoller brauner Fleck an ihrem Hals aufzutauchen, und ich fragte mich unweigerlich, ob ihre Augen schon immer so hervorstanden. Arme Mrs. Peebles, obwohl sie so traurig zerstreut und harmlos war, wollte man sie in ein Heim sperren, doch ihr Sohn Henry hatte versprochen, die Verantwortung für sie zu übernehmen und dafür zu sorgen, dass sie nie allein lebte.

Wenn ich im Wohnwagen war, machte ich mir manchmal ganz plötzlich Sorgen um sie und rannte ins Haus zurück. Dort saß sie dann am Fenster und starrte hinaus, ohne etwas zu betrachten. Wenn sie mich bemerkte, sagte sie: »Ja, Liebes, was möchtest du?« und dann sagte ich, ich sei gekommen, um Feuer zu machen oder auch, um ihr Gesellschaft zu leisten. Aber sie wollte keine Gesellschaft. Gelegentlich machte sie sich die Mühe, sich wie eine Gastgeberin zu verhalten. »Setz dich doch, Liebes. Ich fürchte, du langweilst dich hier sehr. Weißt du, ich kenne überhaupt keine jungen Leute. Aber an Weihnachten kommt mein Sohn Henry, dann kannst du dich amüsieren. Es ist nicht mehr lang bis dahin. Vielleicht möchtest du Karten spielen – zum Beispiel Whist … Irgendwo muss ein Kartenspiel sein, in einem Muschelkästchen – auf dem kleinen Sekretär, glaube ich.« Ich fand die Karten, und dann spielten wir feierlich im schwindenden Nachmittagslicht Whist zusammen, doch die dazu erforderliche Konzentration wurde bald zu viel für sie: Große Tränen tropften auf die Karten und beendeten das Spiel.

Mrs. Peebles hatte Dinge in ihrem Hinterkopf gespeichert, die sie fast auswendig konnte. Sie ratterte die Namen und Gewohnheiten hunderter verschiedener Insektenarten herunter oder auch die Bewohner und Namen verschiedener Bundesstaaten in Indien. Manchmal schilderte sie alte Kulte und Religionen, und dann hörte ich ihr gerne zu. Doch gewöhnlich brach sie ab und vergaß, worüber sie gerade geredet hatte, wenn es am interessantesten war.

Die Tage auf der Insel waren wie Träume und zogen langsam vorbei. Wenn etwas aus der Außenwelt ein Loch in die verschwommene, friedliche Atmosphäre riss, war das ein Schock. Etwa drei Wochen nach meiner Ankunft erhielt ich einen Brief von Mrs. Churchill. Ich war ganz zerknirscht deswegen, weil ich nicht einmal daran gedacht hatte, ihr per Postkarte mitzuteilen, dass ich gut angekommen war. Ich hielt den rosa Umschlag ein Weilchen in der Hand, bevor ich mich dazu zwang, den Brief zu lesen und die Hässlichkeit des von mir verlassenen Zuhauses in mein gegenwärtiges Traumleben zu lassen. Ich saß mit dem Rücken zur kleinen Bucht auf dem Fensterbrett im Esszimmer, riss den Umschlag langsam auf und las:

Mein liebes Mädchen,

ich bedauere, noch nichts von dir gehört zu haben und hoffe, es geht dir so gut wie mir hier. Ich glaube, Dein Vater trinkt eine Menge, obwohl er mir nichts davon sagt, doch manchmal habe ich das Gefühl, er redet mit sich selbst. Er sieht diese Rosa Fisher nicht mehr, weil sie nämlich im Krankenhaus ist und es ihr, wie ich gehört habe, sehr schlecht geht. In gewisser Hinsicht kann sie einem wirklich leid tun.

Meine arme alte Nell ist gestorben, die stämmige, schwarz-weiße, und der Tierarzt hat gesagt, ich hätte sie mit meiner Freundlichkeit getötet, daher ist es nicht allzu schlimm für mich. Die Biskuitrolle hat der Hund gefressen. Obwohl es schon spät im Jahr ist, habe ich immer noch Chrysanthemen im Garten und mein Stechpalmenbusch trägt dieses Jahr Beeren.

Ich habe deine kleine Freundin gesehen, die stumm ist, und muss sagen, dass sie ein bisschen übertrieben aufgemacht ist. Ich bin überrascht, dass ihre Mutter ihr das erlaubt. Wenn man sie so sieht, käme man nicht auf den Gedanken, dass sie stumm ist.

Mein Liebes, ich muss jetzt Schluss machen. Bitte schreib mir, wie es Dir geht. Auch Vera schickt Dir herzliche Grüße.

Deine
A. Churchill.

Ich dachte an meinen Vater, der »mit sich selbst redet« und »eine Menge trinkt« und entsann mich daran, dass nachts manchmal Stolperschritte vor meiner Tür zu hören waren, die sich dann entfernten. Ich musste an Mrs. Churchills sehr heißes Zimmer denken und an die zwei dicken, keuchenden Hunde.

Dann erinnerte ich mich, wie ich zur Zimmerdecke hinaufgeschwebt war und den Glühkörper zerbrochen hatte. Ob das wirklich geschehen war? Etwas Ähnliches war in meiner ersten Nacht auf der Insel geschehen, doch diesmal war ich nicht ganz so hoch hinaufgeraten – vielleicht, weil ich gelacht hatte. Konnte es sein, dass so etwas Leuten passierte, die in verschiedenen Betten schliefen? Vielleicht passierte es den Leuten ja dauernd, nur erwähnten sie es nie, so wie Hämorrhoiden – ich hatte eine Reklame gesehen: »Warum schweigend leiden?« – aber das waren wahrscheinlich auch üble Dinger, während das Schweben ja eher etwas Schönes war, wenn man sich erst einmal daran gewöhnt hatte.

Ich blickte wieder auf Mrs. Churchills Brief und las, dass Rosa im Krankenhaus war. Ich erinnerte mich, wie ich sie in der Dämmerung mit ihrem schrecklichen Husten hatte stehen lassen, und fand, ich hätte netter zu ihr sein sollen. Das traurige Clownsgesicht und ihr gieriges Greifen nach Glanz und Frohsinn – und jetzt würde sie ihr trauriges Clownsgesicht dauernd tragen, außer vielleicht, wenn die Ärzte zu ihr auf die Station kamen. Ich fragte mich, was Mrs. Churchill meinte, wenn sie schrieb, Lucy sei »übertrieben aufgemacht«. Ob sie den Puder in ihrem Gesicht meinte oder die Türklopferfrisur? »Lucy, verändere dich nicht«, flüsterte ich. »Bleib die sanfte, sprachlose Lucy von früher, mit deinem grün-weißen Gesicht und den Haaren, die dir den Rücken hinunterwallen.«

Ich beantwortete Mrs. Churchills Brief sofort, weil ich das Gefühl hatte, mein Zuhause würde wieder in weite Ferne rücken, wenn ich ihn erst abgeschickt hätte; und es dauerte vielleicht Wochen, bis ich noch einen bekommen würde. Als ich den Brief fertig geschrieben hatte, musste ich die schmale Straße fast eine Meile weit entlanglaufen, um ihn einzuwerfen. Der Wind wehte in den Baumkronen und die letzten Blätter segelten zu Boden. Seltsame weiße Hühner scharrten in einer Hecke, sie waren sehr dick und hatten auch an den Beinen überall Federn. Ein Mann, der neben einem Schuppen stand und eine Sense schärfte, sagte, sie hießen Cochinhühner und seien sehr zahm und so schwer, dass sie nicht fliegen könnten. Ich ging zu einem Huhn hin und streichelte ihm die Federn. Es hielt ganz still; nur die Augen in seinem viel zu kleinen Kopf zuckten unruhig. Der Mann sagte: »Die Cochins sind keine guten Esser – das Fett sitzt an den falschen Stellen. Sieh dir das mal an!« Dabei zeigte er auf den aufgedunsenen Hühnerkörper, der vom Schuppen herabhing. Bis auf ein paar Federn am Kopf war er völlig kahl und in seinem erschlafften Schnabel hing eine Kristallperle aus Wasser. Bei dem erbärmlichen, obszönen Anblick musste ich sofort an Mrs. Peebles denken, wie sie in der Scheune gehangen hatte – doch war sie wenigstens dünn und hatte Kleider an. Ich drehte mich weg, sagte aber ganz höflich »Guten Morgen« zu dem Mann. Schließlich war er an die Hühnerkörper gewöhnt und ihm fiel gar nicht auf, wie deprimierend man aussehen konnte, so dick und bleich und sacht im Wind schaukelnd.

Am oberen Ende der schmalen Straße begegnete ich einem Mann, der ein riesiges Pferd mit großem gebogenen Hals und in die Mähne eingeflochtenen Bändern führte. Eine hübsche junge Frau, die auch einen Brief einwarf, sagte: »Oh, das ist Finstal Rhyman – der Hengst. Er kommt jedes Jahr zu Besuch auf die Insel.« Dann ging sie weg und sprach mit dem Mann. Ganz offensichtlich waren sie alte Freunde, denn schon bald lachten und redeten sie miteinander, während das schöne Pferd kraftvoll und stolz dastand, und Sonne und Wind und das sich verändernde Licht sich in kleinen Wellen über seinen Leib bewegten.

Ich ging über die Straße zu einem Häuschen, wo man Gemüse kaufen konnte, und die Frau bat mich auf eine Tasse Tee herein, während ihr Mann zur Scheune ging und die Zwiebeln und den Markkürbis für mich holte. Wir setzten uns in ihre überfüllte Küche und tranken starken Tee mit Kondensmilch und unterhielten uns über ihr Baby. Es lag in einer Korbwiege neben dem Herd, und während unserer Unterhaltung folgten seine unglaublich blauen Augen einem Schwarm Fliegen, der unter der Zimmerdecke im Kreis tanzte. Seine Mutter blickte ebenfalls nach oben und sagte: »Die Fliegen sind dieses Jahr spät dran, aber der Frost wird sie holen.« Der Mann kam mit meinem Gemüse zurück. Der Markkürbis war dick und schon beinah golden. Als ich die Küche verließ, starrte die ganze Familie zu den tanzenden Fliegen hinauf.

Kapitel Vierzehn

Als der Frost kam, war es fast Weihnachten. Das Wasser in den Wagenspuren verwandelte sich in schneeweißes Eis, das ich genüsslich mit den Füßen zerknirschte, und auf dem Teich am oberen Ende der schmalen Straße lag eine dünne Eisschicht, die die Dorfkinder »Katzeneis« nannten, die jedoch so dünn war, dass sie nicht einmal das Gewicht einer Katze ausgehalten hätte. Als ich früh morgens aus meinem Schlafzimmerfenster blickte, waren die Bäume und Felder weiß vor Raureif und an der Fensterscheibe waren wunderschöne Muster. Ich hatte Frost früher nie gemocht, doch jetzt war ich ganz entzückt. Nicht nur von der Schönheit, sondern auch von den Geräuschen: das Knacken eines Zweigs, das laute Knistern eines gefrorenen Blatts, das Krachen von brechendem Eis – selbst die winterlichen Schreie der Vögel klangen schrill und intensiver.

An Weihnachten kam Blinkers für ein paar Tage nach Hause. Es war für uns alle eine schöne Zeit. Selbst Mrs. Peebles war beinahe fröhlich – so sehr freute sie sich, dass ihr Sohn bei ihr war. Zu dritt kochten wir das Weihnachtsessen und gaben den Gowleys einen Tag frei. Begeistert sah ich die breiten, hässlichen Rücken der beiden auf dem Pfad zwischen den Kreiselbäumen verschwinden, wobei Mrs. Gowley wie gewohnt ein paar Schritte hinter ihrem Mann herging. Sie kamen erst am nächsten Tag zurück: Mrs. Gowley mit einem gesprungenen Brillenglas und Mr. Gowley mit einem blauen Auge.

Blinkers versuchte, seine Mutter zu überreden, einen Spaziergang mit uns zu machen, doch sie wollte um keinen Preis aus dem Haus gehen oder auch nur nach unten kommen. Trotzdem war sie sehr vergnügt und freute sich sehr über seine Geschenke, und redete ganz vernünftig mit ihm über die Praxis, die er gerade in Earl's Court übernahm. Sie erklärte sich sogar einverstanden, später vielleicht zu ihm zu ziehen. Wir wussten alle, dass dies sehr unwahrscheinlich war, aber darüber zu reden, machte sie beide froh.

An Blinkers' letztem Tag machten wir einen langen Spaziergang bis zur verlassenen Küste. Der eisige Wind blies uns in die Gesichter, bis sie sich ganz steif anfühlten, doch als wir uns mit dem Rücken zum Meer drehten, war uns, als durchprickelte uns Wärme. Ich fand einen toten Meeresvogel mit leuchtend grünen Beinen und begrub ihn in den Sanddünen. Als ich auf seinem Grab stand und aufs Meer hinausblickte, sah ich eine dunstverschleierte Insel, die, so Blinkers, die Isle of Wight war. Auf dem Heimweg gingen wir durch Ödland. Auf einer gefrorenen Wasserfläche waren ein paar Schlittschuhläufer, von denen ein paar kaum Schlittschuh laufen konnten und deshalb Besen und sogar Stühle als Stütze mitnahmen; andere jedoch zogen graziös Schleifen und Kurven, und ein kleiner eleganter Mann fuhr besser als alle anderen, obwohl auf seinem einen Stiefel ein winziges Mädchen – fast noch ein Baby – saß und sein Bein umklammerte. Über den Schlittschuhfahrern kreisten kreischende Möwen, und Stiefel und Schuhe standen paarweise rings um das Wasser. Jungen mit Eisenbeschlägen an den Schuhen schnitten auf ihren Gleitpartien (die sie »Goldregen« nannten) große weiße Linien ins Eis, und manchmal entstanden Funken. Verwirrte Hunde rannten wild bellend umher und suchten ihre Herrchen. Wir gingen aufs Eis hinaus. Als die Schlittschuhfahrer an uns vorbeiflogen, manchmal mehrere auf einmal, die sich lachend an den Händen hielten, spürte ich, wie das Eis vibrierte. Auch wenn ich nicht allein war, fühlte ich mich einsam und wünschte, ich gehörte zu den Schlittschuhfahrern, statt ihnen nur zuzusehen.

Es wurde langsam dunkel und wir verließen das Eis und gingen durch die schmalen Straßen zu Mrs. Peebles Haus. Henry hatte sich bei mir untergehakt. Ich wusste, dass ihm das Freude machte, aber mir bedeutete es gar nichts; ich wäre lieber allein gegangen.

Auf dem Weg fragte ich ihn, ob es normal sei, sich manchmal in die Luft zu erheben, wenn man im Bett lag – vor allem in einem fremden Bett. Ich stellte ihm diese Frage, weil es dunkel war und es im Dunkeln leichter war, etwas zu sagen, was mir Sorgen machte. Dass Henry nachts in seinem Zimmer herumschwebte, war unwahrscheinlich – er musste an die neunzig Kilo wiegen – doch hatte er vielleicht Freunde, die schwebten und offen darüber sprachen. Er verstand nur ganz allmählich, was ich meinte. Das ärgerte mich am meisten an ihm: seine Langsamkeit. Als er dann endlich verstanden hatte, was ich meinte, sagte er sehr energisch, dass keiner je sein Bett verlassen habe und zur Decke geschwebt sei, sondern dass man so etwas nur im Traum tue, oder wenn man benommen sei oder im Delirium. Ich fand, das klang sehr vernünftig: Wenn man benommen war, hatte man das Gefühl, schwerelos zu sein und schwebte umher. Doch mein letztes Schweben hatte sich sehr echt angefühlt und ich erinnerte mich an den pulverigen zerbrochenen Glühkörper. Er schien es nicht zu mögen, wenn ich über das Schweben sprach, daher wechselten wir das Thema und redeten über sein Haus in Earl's Court und über all die großen leeren Zimmer.

Als wir in die Straße seiner Mutter einbogen, erkannten wir Mr. und Mrs. Gowley, die dort entlangstapften, Mr. Gowley wie immer an der Spitze, eine Leiter tragend. Sie sahen schuldbewusst aus – wie Einbrecher, die gerade von der Arbeit kamen. Sie grunzten ein unwirsches »N'Abend!« und dann überholten wir sie.

Bevor Blinkers am nächsten Morgen nach London zurückfuhr, gab er mir auf dem Teich oben an der Straße Unterricht im Schlittschuhlaufen. Ich trug ein Paar von Mrs. Peebles spitzen Schuhen und rostige Kufen, die Blinkers im Schuppen entdeckt hatte. Die Stiefel waren grün vor Schimmel – und so grün und spitz sahen sie recht schön aus – doch jetzt hoben sie sich glänzend schwarz vom düsteren Eis ab, das knackte und keuchte, als Blinkers mich darüberzog. Entenaugen beobachteten uns vom Ufer aus, ohne zu blinzeln – das Loch, das jemand für sie ins Eis geschlagen hatte, war bereits wieder zugefroren. Blinkers war ein sehr geduldiger Lehrer, doch die erste Unterrichtsstunde führte nicht weit. Anscheinend fuhr ich eher wie eine Japanerin Schlittschuh, so winzige, steife Bewegungen machte ich. Aber ich lernte zu fallen, ohne mich zu verletzen, und am Nachmittag ging ich wieder zum Teich und schaffte mit Hilfe eines Besens in meiner steifen, vorsichtigen Art eine ganze Runde. Eine Horde schreiender Schuljungen verschreckte mich schließlich – sie schlitterten rasend schnell übers Eis und brüllten: »Seht euch die Miss an, die versucht, Schlittschuh zu laufen.«

Ich eilte nach Hause, um die Lampen anzuzünden. Mrs. Peebles weinte im Dunkeln vor sich hin, weil ihr Sohn fort war. Ich versuchte sie mit Buttertoast und sanften Worten zu trösten, und am Ende saßen wir neben dem Feuer und spielten Domino, während die Tränen ganz langsam über Mrs. Peebles verhutzelte Wangen tropften.

Am nächsten Tag kam eine Witwe aus Portsmouth zum Lunch, und wir aßen gehackten Truthahn und tranken den restlichen Weihnachtsportwein. Wegen des Besuchs war Mrs. Peebles sehr aufgeregt, denn sie bekam fast nie Besuch. Ich wusste jedoch, dass sie am Abend schrecklich erschöpft sein und zitternd und weinend ins Bett kriechen würde. So war es immer, wenn ihr Tagesablauf sich auch nur im Geringsten veränderte.

Nach dem Lunch schickte sie mich weg. Ich ließ die Witwen zu beiden Seiten des Kaminfeuers zurück, wo sie über einen Ball redeten, der zwanzig Jahre zuvor auf einem Schiff stattgefunden hatte – zwei schwarze Gestalten, die in der Vergangenheit lebten, auch wenn Mrs. Peebles zumindest ihren Sohn hatte.

In der Wintersonne rannte ich mit meinen Schlittschuhen unter den Armen zum Ödland hinauf. Ich befürchtete, dass das Eis geschmolzen war, doch selbst von Weitem vernahm ich das Geräusch der Kufen, die ins Eis schnitten und Stimmen, die in der winterlichen Luft durchdringend und deutlich zu hören waren. Als ich zu den Schlittschuhläufern kam, sah ich, dass das Eis überall an den Rändern stark geschmolzen war. Bei dem Versuch, aufs Eis zu gelangen, ohne ins Wasser zu fallen, hatte ich ziemliche Angst. Außerdem war ich zu stolz gewesen, meinen Besen mitzunehmen, und war ohne ihn fast nicht imstande, eine Runde zu drehen. Zwei hünenhafte Schulmädchen, Schwestern, die noch größer wirkten, weil sie auf Schlittschuhen standen, kamen mir zuhilfe. Jede gab mir eine Hand und dann zogen sie mich. Ich war zu verängstigt, um auch nur meine Beine zu bewegen, und hielt nur meine Füße dicht zusammen. Die Schwestern gaben mir viele Ratschläge und dann einen herzhaften Stoß in den Rücken, von dem ich übers Eis gewirbelt wurde. Dann verließen sie mich.

Ich landete zu Füßen eines jungen Mannes in einem weißen Pullover. Er half mir ganz behutsam auf, so als sei ich ein Wachspüppchen, und wischte mir sorgsam den Mantel ab. Ich bedankte mich bei ihm, ertrug es jedoch fast nicht, ihn anzublicken, weil er so gut aussah. Er war umgeben von einer Aura zwanglosen Glücklichseins; niemand, den ich bisher aus der Nähe gesehen hatte, hatte je solch eine Ausstrahlung gehabt. Er sagte etwas, aber ich konnte nur die Möwen schreien hören, die über uns kreisten. Dann glitten wir irgendwie zusammen über das Eis und ich war gar nicht mehr nervös. Ich fühlte nur Erregung. Wir hatten Raureif im Gesicht und uns war, als seien wir die einzigen Menschen auf dem Teich. Der Nachmittag war unglaublich schnell vergangen und ich saß auf dem Mantel des schönen jungen Mannes, während er mir die Stiefel aufschnürte. Als mein einer Fuß draußen war, umfasste er meinen Knöchel mit den Fingern seiner einen Hand, und ich war froh, dass sie so schlank waren.

Gemeinsam verließen wir das gefrorene Ödland. Wir gingen jedoch nicht zu Mrs. Peebles, sondern spazierten im Kirchhof unter den Eiben umher. Er sagte mir, er heiße Nicholas und sei bei der Marine, habe aber gerade Urlaub und besuche seine Eltern, die auf der Insel in der Nähe des Golfplatzes wohnten. Sein Vater sei Arzt. Da erwiderte ich, mein Vater sei Tierarzt und dass in unserem Haus alle möglichen Tiere lebten. Weil ich dachte, das mache sich gut, erzählte ich ihm auch, dass ich aus London käme. Doch er sagte: »Ja, das hört man an deiner Aussprache, meine liebe kleine Cockney[5].« Entrüstet beharrte ich darauf, dass ich keine Cockney sei. »Ich habe die Bow-Glocken noch nie gehört, und ich war auf einer Privatschule, und wenn ich irgendeinen Akzent hätte, dann wäre es ein Walisischer.« Doch er schien mich weiterhin für eine Cockney zu halten, was mich sehr verletzte, und ich sagte, es sei Zeit, zu Mrs. Peebles zurückzugehen und die Lampen anzuzünden. Doch weil er mich unbedingt wiedersehen wollte, obwohl ich einen Cockneyakzent hatte, war ich gleich wieder glücklich, und wir verabredeten uns am gefrorenen Wasser.

Vor der Kirche verabschiedeten wir uns. Ich glaube, ich hatte gehofft, er werde mich küssen,

5 Linguistisch gesehen eine als Zeichen der Unbildung geltende Londoner Mundart. Ursprünglich galt als Cockney, wer in Hörweite der Glocken von St Mary-le-Bow geboren war, danach wurde der Begriff auf die Bewohner des East Ends ausgedehnt bzw. auf alle Angehörigen der Londoner Arbeiterklasse. [Anm. d. Ü.]

doch er legte nur kurz den Arm um mich. Dann fing er plötzlich an, über einen Grabstein zu lachen, der im Dunkeln auftauchte. Ich hatte ihn schon oft gesehen und bewundert, doch Nicholas kannte den Kirchhof noch nicht. Lachend stand er vor dem Sessel aus Marmor und versuchte zu meinem Entsetzen sogar, sich darauf zu setzen. Dann zündete er ein Streichholz an, las die Inschrift »Mutter, endlich ruhst du« und lachte so laut, dass ich mitlachte.

Mrs. Peebles redete den ganzen Morgen, während ich ihr beim Silberputzen half, über ihre Freundin, die am Tag zuvor zu Besuch gewesen war. »Stell dir das mal vor, Liebes: Wir haben uns am selben Tag verlobt und später hatten wir auch wieder am selben Tag beide einen Umlauf. Er musste bei beiden von uns aufgeschnitten werden, und ich glaube, ich weiß noch, dass ich meinen Nagel verlor – sehr unangenehm!« Ich jedoch fragte mich die ganze Zeit: »Ob Nicholas wohl kommt? Ach, ob ich ihn je wiedersehe?« Im Haus war es jetzt sehr kalt. Ich hatte keine Gelegenheit, nach draußen zu gehen und nachzusehen, ob das Eis noch trug. Vom Fenster aus wirkte alles steif gefroren und sehr still.

Wir aßen gekochten Hammel mit Kapernsoße. Es war fast Nachmittag, und nachdem Mrs. Gowley die Reste unseres Mahls abgeräumt hatte, scheuchte ich Mrs. Peebles geradezu zu ihrem Sessel am Kamin, wo sie, wie ich hoffte, den Nachmittag über vor sich hindösen würde. Doch überraschenderweise machte sie ein großes Theater, regte sich auf und wollte sich unter keinen Umständen in den Sessel setzen. Sie stand am Fenster und fingerte am Rollladengurt herum. Ich sagte: »Was möchten Sie heute Nachmittag machen?« Und sie erwiderte: »Ich weiß auch nicht; alles kommt mir langweilig vor«, und Tränen stiegen ihr in die Augen. »Spielen wir Schnipp-Schnapp?«, fragte sie dann etwas hoffnungsfroher. Ich dachte: »Warum sollte ich den ganzen Nachmittag mit einer schwachsinnigen, alten Frau spielen, wenn ich mit Nicholas übers Eis sausen kann?« Dann schlug ich ihr vor, sie solle ihrem Sohn einen Brief schreiben. Wenn sie ihn noch an diesem Nachmittag schriebe, könnte ich ihn nach dem Tee einwerfen. Sie könnte ihm alles über ihre Freundin schreiben, die gestern zum Lunch da war, über ihre gemeinsame Mädchenzeit und den Nagelumlauf; er würde sich sicher freuen, wenn er schon so bald einen Brief von ihr bekäme. »Ja, das ist eine gute Idee«, erklärte sie zustimmend und ging zu ihrem Schreibtisch. »Aber ich habe keine Tinte. Ich bin mir sicher, dass keine im Haus ist.« Ich beruhigte sie und legte Papier und Briefumschläge auf ihre Schreibunterlage mit dem Löschpapier und rief dann aus, es seien keine Briefmarken da, und schlug vor, welche im Dorf zu besorgen. »Es macht Ihnen doch nichts aus, wenn ich den Schlittschuhfahrern kurz zuschaue, nicht wahr?« Nein, ganz und gar nicht. Weil sie in ihrer Schreibtischschublade einen längst vergessenen Stift gefunden hatte, hatte sie auf einmal großes Interesse, den Brief zu schreiben. Also überließ ich sie ihrer Schreiberei und erinnerte mich sogar daran, auf dem Weg zum gefrorenen Ödland ein paar Briefmarken zu kaufen. Ich war äußerst dankbar für meine Freiheit.

Kapitel Fünfzehn

Schneeregen kam und wurde zu Regen, der fast alles Eis fortwusch. Was noch übrig war, lag mehrere Zentimeter unter Wasser. Trotz des Schneeregens ging ich zum Ödland. Es sah jetzt irgendwie jämmerlich aus. Bei Regen ging ich wieder dorthin. Doch Nicholas war nirgends zu sehen; auch sonst keine Menschenseele. Auf dem besudelten, nassen Gras lagen Kastanienschalen verstreut, mehr war von den Schlittschuhläufern nicht übrig geblieben, und ich erinnerte mich daran, dass wir von dem alten Mann mit der Kohlenpfanne Kastanien gekauft hatten: Eine hatte ich dann aufs Eis fallen lassen, sodass ein kleines Loch entstanden war.

Am dritten Tag dachte ich: »Sicher sehe ich ihn nie wieder. Sein Urlaub geht vorbei, und er fährt zurück nach Portsmouth.« Trotzdem ging ich zum Ödland. Die goldene Wintersonne brachte die Hecken zum Leuchten, und ich dachte: »Ich glaube, das war es, was Moses sah – einen hellen Sonnenfleck auf einer Hecke – und den hielt er für heiliges Feuer.« Als ich ans Ende von Mrs. Peebles

Straße kam, sah ich Nicholas mit den Händen in den Hosentaschen dastehen, allein und gelangweilt. Ihn so plötzlich und unerwartet zu sehen, machte mich so glücklich, dass ich ihm fast vor die Füße gestolpert wäre. Er begrüßte mich recht beiläufig. In der Hoffnung, mich zu sehen, habe er am Ende der Straße gewartet, sagte er. Er sei auf dem Weg zu einer Werft in der Nähe und habe gedacht, ich wolle vielleicht mitkommen. Ich sagte bereitwillig »ja«, obwohl ich nichts über Boote wusste und mich auch nicht für sie interessierte – und tatsächlich noch nie auf einer Werft war. Also gingen wir zu der Werft an der kleinen Bucht. Die schwarzen Schuppen und Boote waren mir schon öfter aufgefallen, aber mir war nie klar gewesen, dass die Boote dort gebaut wurden. Es war eine Art Bootsfabrik. Dort roch es himmlisch nach Holz, Männer bauten an den Rümpfen mehrerer kleiner Segelboote, und reparierten die größeren Boote. Ich hatte nie gewusst, dass Schiffsrümpfe so tief waren, oder wie elegant und schön sie waren. Während Nicholas mit den Männern redete und lachte und sie wegen eines Segelboots, das er sich bauen wollte, um Rat fragte, lungerte ich vor den Schuppen herum. Sein blondes Haar fiel ihm über das eine Auge, und ich sah, dass er zwar sehr gut aussah, seine Nase aber nicht ganz gerade war, was aus irgendeinem Grund noch mehr Entzücken in mir auslöste.

Der Nachmittag war im Nu vorüber. Zu Mrs. Peebles zurückkehren zu müssen, war schrecklich –

wo ich doch mit Nicholas hätte zusammen sein können. Immer schien ich mich von ihm zu verabschieden: Manchmal vergingen zwei Tage, ohne dass ich ihn sah, und das waren dann vergeudete Tage.

Als ich einmal in der Hoffnung, ihn zu treffen, ans Ende der Straße kam, sah ich nur ein graues Auto. Doch bei genauerem Hinsehen erkannte ich Nicholas am Steuer. Wir fuhren den ganzen Nachmittag über die Insel. Es war wunderbar, völlig anders als die Fahrt im Ponyeinspänner mit Blinkers. Dann kam der Tag, an dem ich zu Nicholas nach Hause ging. Er wollte mir das Boot zeigen, das er in einem Schuppen am Strand baute. Es war nur das Gerippe eines ganz kleinen Segelboots, und abgesehen davon, dass Nicholas es gebaut hatte, konnte ich nicht viel damit anfangen. Doch ich tat interessiert und sagte immer wieder »hm«, und das war genau das Richtige. Er zeigte mir das Segeltuch für die Segel und fragte mich, ob ich sie für ihn nähen könne, wenn er sie in ein, zwei Wochen zugeschnitten habe. Ich sagte natürlich ja. Und musste mich fragen, was Mrs. Peebles wohl denken würde, wenn ich mich daran machte, ein so riesiges Stück Segeltuch zu nähen, das noch dazu schrecklich steif war; doch für Nicholas nähen zu dürfen wäre eine Ehre.

Als Nicholas sich vom Schuppen hatte losreißen können, liefen wir durch den Garten ins Haus. Wir gingen durch die Küchen an zwei Dienstmädchen mit weißen Hauben und Schürzen vorbei, die an einem langen Tisch nähten. Der Haupttrakt des

Hauses war anders als alles, was ich bisher gesehen hatte: helle, polierte Böden und orientalische Teppiche, lodernde Holzfeuer und die bequemsten Sessel, in denen ich je gesessen hatte, bezogen mit geblümtem Chintz. Es war unglaublich vornehm, doch waren die Wände nicht tapeziert, nur einfach getüncht, und nur mit einem einzigen Bild über dem Kamin dekoriert, und es gab kaum Verzierungen. Alles in dem Haus war für mich fremd und wunderbar. Die Dienstmädchen brachten uns Tee und stellten ihn auf einen niedrigen Tisch am Kamin, und wir saßen zusammen auf einem Sofa. Ich schenkte Tee aus einer Silberteekanne ein. Die Zuckerdose und das Milchkännchen waren ebenfalls aus Silber. Nicholas sagte, es sei mieses altes Silber, das ein Onkel aus Indien mitgebracht habe, und man könne es nur sauber halten, indem man es einmal pro Woche koche. Wir aßen Scones mit Marmelade vor dem lodernden Feuer, und ich tat insgeheim so, als seien wir verheiratet und dies sei unser Zuhause.

Dann kam Nicholas' Mutter zurück. Sie stand groß und unbekümmert in ihrem Wohnzimmer und zog sich die Handschuhe aus. Nicholas stellte uns vor und sie schien nicht erstaunt darüber zu sein, einen fremden Gast in ihrem Haus anzutreffen.

»Klingele und lass neuen Tee bringen«, rief sie Nicholas zu, während sie den Teekannendeckel anhob und in die Kanne spähte. »Das sieht gar nicht gut aus.« Sie warf ihren Mantel und ihr Hütchen auf einen Stuhl, setzte sich auf einen anderen Stuhl und bat Nicholas zu meinem Erstaunen um eine Zigarette. Dann saß sie da, blickte uns durch den Zigarettenrauch an und schnipste die Asche in den Kamin, während sie auf den Tee wartete. Irgendwie gelang es mir, aufzustehen, und ihnen zu sagen, dass ich nach Hause müsse. Nicholas Mutter sagte: »Tatsächlich? Dann kommen Sie doch ein andermal wieder«, aber ich wusste, dass sie mich vollständig vergessen würde, sobald ich das Zimmer verließ. Ich ging, als das Dienstmädchen neuen Tee brachte. Nicholas brachte mich ans Gartentor. Er sagte nur: »Du findest selbst nach Hause, nicht wahr?«, gab mir einen liebevollen Klaps auf den Arm und ging ins Haus zurück. Ich hörte, wie die Haustür zuschlug.

Halb rennend eilte ich im Dunkeln nach Hause. Ich wusste, dass ich mich verspätet hatte und die arme Mrs. Peebles sich selbst mit den Lampen abmühen musste. Vielleicht saß sie ja weinend vor dem fast heruntergebrannten Feuer im Dunkeln. Als ich zu ihr kam, hatte sie es geschafft, die Lampe anzuzünden, doch das Feuer war ausgegangen und natürlich hatte sie keinen Tee getrunken. Zum ersten Mal, seit ich sie kannte, war sie mir böse. Sie schimpfte nicht und nörgelte nicht herum, sondern war sehr distanziert und kühl, und ich wusste, dass ich es verdient hatte. Als ich das Feuer anzündete und mit Zeitung entfachte, stellte ich fest, dass ich zitterte. Ich fühlte mich plötzlich ausgesprochen elend, obwohl ich zuvor so glücklich gewesen war.

Am nächsten Nachmittag blieb ich bei Mrs. Peebles. Sie wollte mich eigentlich nicht – und schlief gleich ein – aber zumindest war ich da und konnte ihr Tee bringen, und sie verzieh mir. Als ich in die Küche ging, um Tee zu machen, musste Mrs. Gowley gehört haben, wie ich schallenden Schrittes den Flur entlangging. Ich hörte ein Geräusch auf der Treppe, und dann spähte sie mit ihrem Koboldgesicht um die Tür. »Sie bringen der Dame also den Tee, was?«, sagte sie und blickte mich anzüglich durch ihre Brillengläser an. »Und gestern Nachmittag waren Sie mit Ihrem Kerl aus, stimmt's? Mr. Peebles gefällt es sicher gar nicht, dass seine Mutter vernachlässigt wird und dass Sie mit einem Kerl im Gartenschuppen herumalbern. Sie werden's nicht glauben, aber Mr. Gowley hat gestern gesehen, wie Sie am Nachmittag zu zweit in diesen Schuppen gegangen sind. Er war ganz schön schockiert.« Mir war schlecht vor Angst, aber nur kurz; dann erinnerte ich mich, wie Nicholas' Mutter mit den Dienstboten geredet hatte. Ich schaffte es, zu sagen: »Das genügt, Mrs. Gowley, Sie können nach unten gehen.« Sie sah erschrocken aus, dann stieg ihr nach und nach das Blut ins Gesicht und sie schrie: »Das aus Ihrem Mund gefällt mir. Was glauben Sie, wer Sie sind? Da kann ich ja nur lachen.« Sie gab künstliche Lachlaute von sich, ein furchtbares »ho! ho!«, und ging aus dem Zimmer.

Ein, zwei Tage später war ich im Garten, betrachtete die verknitterten Primelblätter und hoffte, ein paar Knospen zu entdecken, als ich hörte, dass sie auf der Insel früher blühten, besonders die dunkelvioletten. Es sah so aus, als läge der Frühling in der Luft, und auf dem Watt stießen die Strandläufer ihre seltsamen Schreie aus. Dann hörte ich Schritte hinter mir. Es waren die von Mr. Gowley. Er kam direkt auf mich zu und starrte mich aus seinen entsetzlichen Augen an, die sich unabhängig voneinander bewegten.

»Nun, Alice, ich hatte schon lange nicht mehr die Gelegenheit, mit Ihnen zu reden. Sie sind eine unbekannte Größe, da gibt's nichts zu deuteln, aber davon schweigen wir lieber. Meine Alte und ich sind ein bisschen im Rückstand, was den Lebensunterhalt für meinen armen, alten Papa angeht, und da hab' ich mich gefragt, ob Sie uns nicht ein bisschen unter die Arme greifen wollen. Mit einem Pfund oder so wäre dem alten Herrn schon gedient.« Er kam dicht zu mir, grinste und zeigte dabei seine gelben, unregelmäßigen Zähne. Ich hatte furchtbare Angst, Angst vor seiner Boshaftigkeit. Einen Augenblick lang stand ich da, und zerbrach einen Zweig, den ich in der Hand hielt, dann drehte ich mich um und ging sehr steif davon, und obwohl es kalt war, brach mir der Schweiß aus.

Ich ging zurück ins Haus und dachte nach. Mrs. Peebles saß neben mir, sortierte Knöpfe und beklagte sich besorgt, sie sei sich sicher, ein paar blaue gehabt zu haben und die Stahlbrillantknöpfe seien auch nicht mehr da. Während ich mir ansah, was für ein Theater sie wegen der dummen Knöpfe machte, beruhigte ich mich allmählich. Ich wusste, dass es eigentlich keinen Grund gab, vor den Gowleys Angst zu haben. Sie konnten mir nicht wirklich etwas anhaben: Sie konnten höchstens einen gehässigen Brief an Blinkers schreiben – der ihnen bestimmt nicht glauben würde. Er hatte bereits beschlossen, sie loszuwerden, sobald der Frühling kam, und obwohl das Haus abgeschieden lag, waren Hausangestellte nicht allzu schwer zu finden. Jetzt war es fast Frühling, und die Gowleys würden bald fort sein. Vor meinem inneren Auge sah ich sie schon brummend und fluchend hintereinander die Auffahrt hinuntergehen, mit ihren brechend vollen Kartons.

Ich schrieb Blinkers einen Brief. Das war sehr anstrengend, aber ich wollte lieber auf Nummer sicher gehen. Ich schrieb ihm, dass die Gowleys noch unangenehmer gewesen seien als normalerweise, und dass Mr. Gowley versucht habe, mich zu erpressen, wenn dies das richtige Wort sei; dann erzählte ich ihm, dass ich mit einem Matrosen namens Nicholas Schlittschuh gelaufen sei und ihm einen Nachmittag lang in einem Schuppen beim Bootsbau zugesehen habe, und dass ich hoffte, er habe nichts dagegen einzuwenden und glaube nicht, dass ich seine Mutter vernachlässigte. Ich hatte ernsthafte Schuldgefühle, weil ich Mrs. Peebles vernachlässigt hatte, und wollte nicht, dass er erfuhr, wie allein sie gewesen war.

Am nächsten Nachmittag war sie wieder allein. Nicholas fuhr plötzlich im Auto seines Vaters direkt vors Haus. Ich war gerade im Garten. Sobald ich das Motorengeräusch hörte, wusste ich, dass er es war und rannte vors Haus. Er stand vor der Haustür, zog an der Türklingel und sah hinreißend aus in seinem riesigen Automantel. Es war sein letzter Urlaubstag, und er wollte mich auf einen Ausflug mitnehmen. Ich eilte die Treppe hinauf und fragte Mrs. Peebles, ob sie etwas dagegen hätte. Das hatte sie ganz und gar nicht: Sie war ganz aufgeregt wegen dem Auto und rannte ans Küchenfenster, um es sich anzusehen. Ich zog mir warme Sachen an und rannte nach unten, wo Nicholas am Auto hantierte und beide Gowleys vor der Haustür herumhüpften. Ich kam gerade rechtzeitig, um zu hören, wie Mr. Gowley in seiner unverschämten Art sagte: »He, wer hat Ihnen erlaubt, das Ding hierherzubringen?« Nicholas ignorierte ihn vollständig, doch ich spürte, wie mir das Blut ins Gesicht stieg und Tränen in die Augen traten.

Nicholas sagte: »Nanu, das ging aber schnell«, und eigens für die Gowleys sagte ich »Ja, und Mrs. Peebles ist ganz begeistert über meinen Ausflug!« Dann hielt er mir die Wagentür auf, und als ich im Auto saß, sah ich zum Fenster hinauf und winkte Mrs. Peebles und sie winkte zurück. Wir fuhren davon und hinterließen eine große Öllache, und verbrachten einen beglückenden Nachmittag – für mich zumindest war er beglückend.

Kapitel Sechzehn

Dann war Nicholas fort und ich lebte wieder mein verträumtes, einsames Leben. Stundenlang war ich im Wohnwagen, las oder dachte einfach nur an Nicholas – an seine lachenden, blauen Augen und die blonde Haartolle über der Stirn; an die Art, wie er die Zehen leicht nach innen drehte, wenn er sich hinsetzte, an seinen sauberen, irgendwie wehrlosen Nacken. Ich weiß noch, wie ich mich an dem Abend, als er die Insel verließ, in den Schlaf weinte, obwohl wir uns doch voller Glück verabschiedet hatten und er davon ausging, bald wieder nach Hause zu kommen. Doch ich ertrug den Gedanken nicht, dass ich ihn am nächsten Tag auf keinen Fall sehen würde, dass es vielleicht wochenlang nichts gab, worauf ich mich freuen konnte.

In derselben Nacht geschah es wieder: Ich schwebte, und zwar ganz eindeutig. Das Mondlicht strömte weiß durchs Fenster, und ich sah die Vorhänge sanft im Nachtwind wehen. Ich hatte mein Bett verlassen, und das Bettzeug lag bis auf ein Laken am Boden verstreut. Behutsam schwebte ich durchs Zimmer. Manchmal geriet ich dicht an die Zimmerdecke, fasste sie jedoch nicht an, weil ich sonst vielleicht zu Boden gestürzt wäre. Wenn ich einem Gegenstand nahekam – einer Wand beispielsweise oder einem hohen Kleiderschrank – schien mich ein sechster Sinn fortzulotsen, wie es wohl auch bei Fledermäusen geschieht, und das war ein Gefühl, das mir Vertrauen gab. Irgendwie wusste ich, dass ich mich ganz gerade halten und gleichzeitig locker bleiben musste. Ich schwebte waagrecht, mit den Füßen voraus, war jedoch erleichtert, dass das Fenster nur einen Spalt weit geöffnet war und keine Gefahr bestand, dass ich in die Nacht hinausschwebte.

Ich weiß nicht, wie lange ich mich in der Luft befand; ich glaube, es müssen sieben Minuten gewesen sein. Dann erinnere ich mich, dass mich ein Gefühl großer Erschöpfung überkam und dass ich mich nach meinem Bett sehnte. Ich zwang mich in mein Bett hinunter, und es geschah ganz sanft: Erst war nur Luft unter mir, und dann spürte ich auf einmal meine Matratze, die immer noch warm war. Ich lag dort halb ohnmächtig vor Müdigkeit, bevor ich aus dem Bett kroch und die Decken aufhob. Danach umhüllte mich ein tiefer, traumloser Schlaf.

Die schallenden Schritte von Mrs. Gowley, die an meiner Tür vorbeiging, weckten mich auf. Ich war so müde, dass es mir vorkam, als könnte ich das Bett unmöglich verlassen. Aber dann stand ich doch auf, lehnte mich aus dem Fenster und spürte die erste Frühlingssonne im Gesicht, was mich munter machte. Ich beobachtete, wie die Möwen um einen alten Mann herumflogen, der pflügte, und sah jemandes Hühner in unserem Garten in der Hecke picken. In der Ferne waren Enten zu hören und ich hatte Heimweh nach einem Zuhause, wie ich es nie gekannt hatte.

Während wir frühstückten und den recht guten Kaffee tranken, den Mrs. Gowley überraschenderweise gekocht hatte, sagten wir fast kein Wort. Ich dachte dauernd an mein nächtliches Erlebnis. Ich wusste jetzt, dass es wirklich passiert war, und dass Blinkers Unrecht hatte, als er sagte, ich sei benommen. Wahrscheinlich widerfuhr es hunderten von Leuten, nur redete keiner darüber. Ich dachte, ich könnte es mit Mrs. Peebles versuchen – nichts konnte sie besonders überraschen, die Arme! Also sagte ich »Mrs. Peebles«, doch sie gab keine Antwort, sondern knirschte nur auf einem Stückchen Eierschale herum, das irgendwie in ihren Mund geraten war.

»Mrs. Peebles«, sagte ich deutlich lauter, und da sah sie mich auf ihre halb betäubte Art an, »Mrs. Peebles, haben Sie schon mal von Leuten gehört, die in ihrem Zimmer umherschweben – ich meine, die vom Boden abheben und einfach umherschweben?«

Sie biss nachdenklich auf ihre Eierschale. Dann erhellte sich ihr Gesicht und sie sagte: »Ja, ich glaube, du meinst Levitation. Das war einmal etwas ziemlich Alltägliches, nur entsinne ich mich nicht mehr, wann das war. Da war ein Mönch, von dem gehört zu haben ich mich erinnere, er hieß Josef von Copertino, oder ist das ein italienischer Ortsname? Dieser Mann benahm sich sehr seltsam und durfte nicht im Chor singen, weil er sich immer in die Luft erhob und dort schwebend verweilte und eine Sensation war und den Gottesdienst durcheinander brachte. Das ging viele Jahre so, und der arme Mönch musste in seinem Zimmer bleiben, wo man ihm eine Privatkapelle einrichtete. Ich habe gehört, dass er fastete und sich kasteite, aber vergeblich. Der Arme! Wie peinlich für ihn! Und meine Mutter erzählte immer von einem Mann namens Home, den ein vornehmer Herr in seine Obhut genommen hatte. Er schwebte durch die Fenster eines großen Londoner Hauses ein und aus – ich glaube, es war Ashley House. Heute hört man derlei Dinge nicht mehr.«

Ich hörte fasziniert zu. Es stimmte also: Ich konnte tatsächlich schweben oder levitieren oder was auch immer.

»Mrs. Peebles«, fragte ich, »sind Sie jemals geschwebt?«

Sie wirkte ganz verärgert: »Aber nein, so etwas würde ich nie tun. Ich bin doch nicht absonderlich.«

Sie kaute weiter auf ihrer Eierschale, die ziemlich lange zu halten schien, und ich dachte wieder nach. Ganz offensichtlich schwebten manche Leute – nicht alle, aber vielleicht so viele, wie es Linkshänder gab – doch Schweben war etwas Absonderliches und nichts, womit man sich brüsten konnte, sondern etwas, was man für sich behielt und ausübte, wenn man allein war. Ich fragte mich, ob es auch tagsüber passieren konnte, oder draußen. In einem Wald unter Vögeln zu schweben, wäre wunderbar, man durfte nur nicht an die Bäume stoßen und sich in den Ästen verfangen.

Darüber dachte ich nach, als Mrs. Peebles auf einmal vom Tisch aufsprang und sagte, die Gowleys versuchten, sie zu vergiften, da sei sie sich ganz sicher. Ich musste sie schnell auf ihr Zimmer bringen, damit sie Mrs. Gowley nicht begegnete, wenn sie zum Abräumen kam, und sie nicht aller möglichen Schrecklichkeiten beschuldigte. Das geschah manchmal und war beängstigend; Mrs. Peebles war dann in Tränen aufgelöst und die Gowleys bedrohten und drangsalierten das arme, verrückte Geschöpf. Sie schrien, sie wollten eine gerechte Behandlung und Polizei und Zeugen, und taten, als würden sie die Anschuldigungen ernst nehmen. Dann würde sie sich an mich wenden und ich würde in die Sache hineingezogen und die ganze Gewalt der Gowleys würde sich gegen mich wenden. Es waren abscheuliche Leute.

Kurz bevor Mrs. Gowley mit ein paar Briefen auftauchte, konnte ich Mrs. Peebles zum Glück ins Wohnzimmer bringen. Ein Brief von Blinkers war für mich; auch seine Mutter hatte einen Brief von ihm bekommen, was sie ein wenig beruhigte. Sein

Brief an mich war eine Antwort auf den Brief, in dem ich mich bei ihm über die Gowleys beschwert hatte. Am Umschlag hatte sich jemand zu schaffen gemacht, und ein Blick auf den Stempel zeigte mir, dass die Gowleys ihn einen Tag lang bei sich behalten hatten. In dem Brief stand nicht viel, doch war er sehr freundlich und liebevoll und sicherte mir zu, dass die anstößigen Gowleys an die Luft gesetzt würden. Er hatte schon jemand anderen in Aussicht – ein verheiratetes Paar, das ab Ostern verfügbar sei, Höhergestellte mit einem kleinen Mädchen. Er machte mir keinerlei Vorwürfe wegen Nicholas – und schrieb, er sei dankbar, dass er mir Schlittschuh fahren beibringe. An Ostern komme er nach Hause und werde die Gowleys dann entlassen, weil er im Haus sein wolle, wenn sie gingen, um sicherzustellen, dass sie nichts mitnähmen, was ihnen nicht gehörte. Auch seiner Mutter schrieb er, dass die Gowleys bald gehen würden. Sie freute sich wie wild und erklärte, sobald sie gegangen seien, könne sie nach unten gehen und im Garten sitzen und vielleicht sogar ein bisschen Gartenarbeit machen – alles Dinge, die sie vor Jahren aufgegeben hatte, noch bevor die Gowleys zu ihr gezogen waren.

Am Nachmittag ging ich aus dem Haus, während Mrs. Peebles am Fenster saß, beobachtete, wie die Flut kam und die Wärme der Sonne genoss, die durch die Fensterscheibe schien. Es war ein wunderschöner Frühlingstag, an dem die Wolken ganz schnell am Himmel dahineilten. Zartes, neues Grün war zu sehen. Die Blattknospen an den Bäumen waren geschwollen und ähnelten Pfeilspitzen, und in den Hecken wehten die Blütenkätzchen wie lebendige Raupen. Ich ging an dem alten Mann vorbei, der Cochinhühner züchtete. Er sagte: »Kommen Sie, kleines Fräulein, sehen Sie sich das an.« In seinem Schuppen saß eine große, aufgeplusterte, weiße Henne, und ab und zu tauchte ein winziges Küken unter ihren Flügeln hervor. »Mich würd's nicht wundern, wenn das die ersten Küken wären, die dieses Jahr auf der Insel geboren wurden«, sagte er stolz, und aus Scham gestand ich ihm nicht, dass es die ersten Küken waren, die ich überhaupt je gesehen hatte. Der alte Mann bückte sich, um die Schnur in Ordnung zu bringen, die er unterhalb der Knie um die Beine gebunden hatte, wohl, damit seine Hose bequemer war. Weil er starkes Rheuma im Rücken hatte, brauchte er eine Weile, um sich wieder aufzurichten. Als ich ging, mahlte er als erste Mahlzeit für die Küken etwas Korn ganz fein, und ich war vergessen.

An einem Tag mit sanftem Wind und Wolken und Sonne ging ich eines Tages zur Kirche. Ich stand neben dem steinernen Sessel mit der Inschrift »Endlich ruhst du«, konnte ihn aber nicht länger bewundern. Er war etwas, worüber man lachen sollte, und da war niemand, der hätte mitlachen können.

Unter den Eiben war es einsam, und ich verließ den Kirchhof und ging durch die Sonne. Zwei Reiter kamen mir entgegen. Ohne mich zu sehen ritten sie im kurzen Galopp auf dem Grasstreifen an mir vorbei. Ein Mädchen ritt voran, und der Mann hinter ihr war Nicholas. Sie ritten hoch über mir vorbei, die unbeständige Sonne schien auf ihre kastanienbraunen Pferde und ich dachte: »Dies sind die Vornehmen; sie sind so schön und frei dort oben.« Sogar das leichte Quietschen des Zaumzeugs klang stolz, als sie an mir vorbeiritten.

Ich blickte ihnen nach, als sie zum Meer ritten und ging dann zu einem Wäldchen, das ich gut kannte. Auf einer Lichtung lag eine gefällte Birke, auf der ich oft so still saß, dass die Vögel ganz nah herankamen. Diesmal legte ich mich auf den Baum und spürte, wie mich in Wellen eine einsame Traurigkeit überkam. Tränen rannen langsam aus meinen Augen und tröpfelten mir in die Ohren. Ich dachte: »Selbst mein Weinen ist dürftig und gewöhnlich, und die Tränen fließen mir in die Ohren.« Doch diese dürftigen, gewöhnlichen Tränen verschafften mir Erleichterung, und ich fing an zu hoffen, dass Nicholas vielleicht gerade erst auf die Insel zurückgekehrt war und dass das Mädchen eine Cousine oder eine Freundin aus Kindertagen war. Morgen würde er zu Mrs. Peebles Haus kommen, vielleicht mit dem Auto seines Vaters; vielleicht würde er mir auch die Segel für sein Boot zum Nähen bringen.

Fast hätte ich daran geglaubt, aber nur fast. Dann tröstete ich mich mit dem Wissen, dass ich zumindest nicht an die Erde gefesselt war wie andere Leute. Ich lag völlig entspannt auf dem Baumstamm und versuchte, mich zum Schweben zu zwingen. Ich lag da, und nichts passierte, aber ich fühlte mich schläfrig und schlaff und leicht. Dann erhob ich mich in die Luft, aber nur ein paar Fuß hoch. Alle Geräusche des Waldes verstummten und es herrschte große Stille, als sei eine Schockstarre eingetreten, weil die Naturgesetze außer Kraft gesetzt worden waren. Ich bekam solche Angst, dass ich ganz steif wurde. Dann lag ich plötzlich auf dem Gras, arg mitgenommen, aber unverletzt. Ein Gefühl des Triumphs durchrieselte mich. Ich konnte schweben, wann ich wollte; es war kein Traum und keine Krankheit. Ich konnte wirklich levitieren. Als ich im schwindenden Nachmittagslicht nach Hause ging, empfand ich neuen Stolz.

Kapitel Siebzehn

Der Tag nach meinem Erlebnis im Wald fing schlecht an. Man brachte mir kein heißes Wasser ins Zimmer und zum Frühstück kam nur schwacher, kalter Tee mit Toast. Mrs. Gowley schniefte und schnaubte, als sie das karge Mahl abräumte, und mir war klar, dass ich in Ungnade gefallen war. Vielleicht hatten sie einen Entlassungsbrief von Blinkers bekommen. Zum Lunch knallte sie mir kaltes Essen auf den Tisch. Ich war dankbar, dass Mrs. Peebles in verträumter Stimmung war, nichts wahrnahm und ganz verschlossen war. Am Nachmittag ließ ich sie im Sessel vor dem großen Fenster mit Blick auf die kleine Bucht zurück. Geistesabwesend sortierte sie Knöpfe und erhob keinen Einspruch, als ich sie allein ließ, obwohl es für meinen Spaziergang später war als gewöhnlich. Ich hatte die leise Hoffnung gehegt, dass Nicholas vorbeikommen würde; und jetzt wollte ich unbedingt aus dem Haus, falls er am Ende der Straße stünde.

Doch bis auf einen kleinen Jungen, der im Teich angelte, war keiner da. Der Junge trug einen Schal um den Kopf, und als er sich zu mir umdrehte, sah ich, dass sein Gesicht geschwollen war, weil er Mumps hatte oder Zahnschmerzen. Ich fragte ihn, ob er einen Herrn hatte vorbeigehen oder in einem Auto hatte vorbeifahren sehen. Er brachte seinen Schal in Ordnung, sah mich mit stierem Blick an und sagte: »Weiß nicht. Ich hab' einen Kern im Hals.« Dann kehrte er mir den Rücken und angelte weiter. Ich ging zum Ödland, doch dort war auch niemand – sogar das Flutwasser war verschwunden. Und dann ging ich, obwohl ich das nicht vorgehabt hatte, zu den Dünen hinter Nicholas' Haus.

Mühsam stapfte ich dort entlang und der Wind wehte mir ins Gesicht. Ein Mann ritt an mir vorbei, aber es war nicht Nicholas. Ich folgte den Hufspuren im Sand und sah die ganze Zeit nach unten, bis der Wind mir Stimmen zutrug. Da blickte ich auf und sah Nicholas, der sich über ein Boot beugte, es vielleicht strich. Er trug einen ganz gewöhnlichen Fischerpullover, und auf seiner Stirn waren Spuren von Teer oder etwas ähnlichem, doch er sah prächtig aus, und ich hatte das Gefühl dahinzuschmelzen, vor lauter Staunen, dass ich ihn leibhaftig vor mir sah. Ich stand ganz still da, und dann hörte ich eine Mädchenstimme. Ich drehte mich um – es war die Reiterin. Ihr Haar hatte die Farbe verblühender Goldruten und glänzte goldbraun in der Sonne; ohne Kopfbedeckung wehte es im Wind. Ihre oberen Blusenknöpfe waren geöffnet und sie selbst oder Nicholas hatte sein Jackett über ihre Schultern gelegt.

Sie saß mit großer Anmut auf einem umgedrehten Eimer, so als sei er ein Thron, dachte ich, und dann sah ich, dass sie tatsächlich eine Zigarette rauchte. Auf ihre zwanglose, lachende Art sagte sie etwas zu Nicholas. Ihr Kopf war nach hinten geneigt und ihr schöner Hals entsprang ihrer offenen Bluse.

Ich stand da und beobachtete sie. Dann versuchte ich zu denken »Die sind ja wie ein Landstreicherpärchen angezogen!« Doch ich wusste, dass sie sogar in nachlässiger Kleidung immer noch von strahlender Anmut waren. Ich brachte es nicht über mich, näher heranzugehen. Ich drehte mich weg, ging ein paar Schritte, und rannte dann plötzlich zu Mrs. Peebles Haus.

Atemlos kam ich zu Hause an. Alle Türen standen offen, als sei ein heftiger Wind durchs Haus gefegt. Jetzt war jedoch alles still. Mrs. Peebles rief mit ihrer traurigen, verlorenen Stimme nach mir, und als meine Schritte auf den Metallstufen hallten, ertönten ihre Schritte, ebenso scheppernd, auf dem Treppenabsatz. Sie weinte.

»Alice, sie sind fort. Die Gowleys sind verschwunden, ohne ein Wort! Was wird mein Sohn dazu sagen?«

Ich versuchte, sie zu trösten. Ich sagte zu ihr, sie seien wahrscheinlich nur den Nachmittag über fort, und falls sie wirklich gegangen sein sollten, dann sei das doch sehr gut. Dann erinnerte ich sie daran, wie sehr sie die beiden verabscheut hatte. Doch sie hatte die fixe Idee, dass ihr Sohn böse auf sie sein würde.

Ich ging nach unten und öffnete die schmutzigen Türen der Gowleys. Überall leere Flaschen und von Mäusen angefressenes Brot, alte Zeitungen und altes Fett – aber keine Gowleys. Ich kümmerte mich um den Boiler und machte die Fenster auf, damit der Gestank abzog. Dann hörte ich Mrs. Peebles schreien. Die Schreie kamen aus dem Esszimmer, wo sie stand und auf den Kaminsims deutete. Ich konnte nichts Ungewöhnliches feststellen, nur dass die Tapete an einer Stelle eine Spur heller war. Dann sah ich, dass etwas Großes fehlte: die goldene Standuhr mit dem Cupido darauf war nicht mehr da. Auch die silbernen Kerzenleuchter standen nicht mehr auf dem Buffet. Gemeinsam öffneten wir die Schublade mit dem Silber. Zu sehen war nur leuchtend grüner Fries, kein Silber. Mrs. Peebles hatte aufgehört zu schreien. Sie zitterte und zuckte jetzt wie eine arme alte Marionette. Ich schlug vor, ins Dorf zu gehen und die Polizei zu holen, aber das wollte sie nicht. »Sie haben schon einmal einen Polizisten gerufen. Ich will nicht, dass die Leute schon wieder einen Polizisten ins Haus kommen sehen. Aber was wird Henry bloß sagen? Die Uhr seines Vaters und das ganze Silber – alles weg.«

Schließlich brachte ich sie dazu, ins Bett zu gehen. Zu dem Zeitpunkt war ich schon halb tot vor Sorge und Müdigkeit und fürchtete mich vor der Verantwortung, mich allein um Mrs. Peebles zu kümmern. Vor dem Zubettgehen schaffte ich es,

Blinkers ein paar Zeilen zu schreiben. Ich bat ihn, schnell herzukommen und erzählte ihm, dass die Gowleys mit dem Silber auf und davon waren. Ich war zu müde, um den Brief noch in derselben Nacht einzuwerfen, und beschloss, ihn am Morgen dem Milchmann mitzugeben.

Als ich aufwachte, lastete ein Zentnergewicht auf meinen Gedanken. Ich ging direkt zu Mrs. Peebles ins Zimmer, um nachzusehen, ob sie etwas brauchte. Sie lag ganz still und unnahbar da, und war auf ihre seltsame Art schön. Sie wollte nicht im Bett frühstücken, und wir aßen schweigend zusammen. Sie schien fassungslos zu sein. Im Haus herrschte Stille, jetzt, wo die Gowleys fort waren und Mrs. Peebles so ruhig auf dem Wohnzimmersofa saß. Sie saß sehr aufrecht da, mit aufgerissenen Augen, betrachtete aber nichts. Obwohl sie keinen Ärger machte, war ich nicht gerne mit ihr allein; etwas stimmte mit ihr ganz und gar nicht. Manchmal flüsterte sie leise mit sich selbst, so leise, dass ich nichts verstand.

Am Nachmittag hieß ich sie ruhen. Wenn sie aussah, als sei sie eingeschlafen, ging ich ins Dorf, um herauszufinden, ob ich eine Frau finden konnte, die ins Haus einzog und ein bisschen half. Auf dem Weg kam ich an dem Mann mit den Cochinhühnern vorbei. Er zimmerte einen Bienenstock aus bleichem neuen Holz, und zu seinen Füßen lagen lange Holzspänekringel. Ich ging zu dem Haus, in dem Gemüse verkauft wurde; aber sie wussten auch niemanden, der für Mrs. Peebles arbeiten würde – die Frau machte mir schnell die Tür vor der Nase zu und stellte unmissverständlich klar, dass keiner in diesem Haus arbeiten wollte.

Im Dorfladen, der Sommerpostkarten verkaufte, die in einfacher und kolorierter Ausführung wie Vorhänge in den Fenstern hingen, war es dasselbe, obwohl ich, um Mut zu fassen, Streichhölzer kaufte, bevor ich dort um Hilfe bat.

»Oh, nein, Miss«, sagte die Frau, trat von der Theke zurück und sah mich vorwurfsvoll durch ihre stahlgeränderten, fast quadratischen Brillengläser an. »Nein, Miss, Sie werden niemand finden, der im Ausgebrannten Haus arbeiten möchte.« Ich sagte zu ihr, das Haus sei nicht mehr ausgebrannt, und dass wir nur im oberen Teil wohnten. Doch sie schüttelte den Kopf und sagte: »Ich glaube, wenn Sie eine Haushaltshilfe brauchen, geben Sie besser eine Annonce in einer Londoner Zeitung auf, Miss.« Dann wandte sie ihren Blick von mir ab und ich war entlassen.

Als ich aus dem Laden ging, hörte ich ein Auto auf mich zukommen, und dachte, es sei Nicholas. Ich konnte es kaum ertragen, die beiden zusammen zu sehen, sie mit ihrem goldbraunen Haar und ihrem wunderschönen Gesicht. Ich sah hin und er war allein, vielleicht auf dem Weg zu mir. Ich winkte wie wild, vergaß meine Schüchternheit und rannte winkend auf die Straße. Er hielt an und fragte, ob ich mitfahren wolle. »Ich wollte gerade in deine Richtung.« Ich stieg ein und rief: »Wie schrecklich, wenn du gekommen wärst, und ich wäre nicht zu Hause gewesen.«

Nicholas fuhr los und sagte nach einer Weile: »Eigentlich war ich nicht auf dem Weg zu dir. Ich suche einen Bauern, von dem ich ein paar Pferde leihen kann, und man hat mir gesagt, er sei irgendwo hier in deiner Straße – aber natürlich hatte ich gehofft, dich zu sehen.« Beim Sprechen wandte er sich mir zu, und da wusste ich, dass er nicht die Wahrheit sagte, und mein kurzes Glück verschwand wieder.

Wir stiegen aus dem Wagen und gingen zusammen über ein Feld. Obwohl Nicholas auf seine übliche leichte, neckende Art mit mir sprach, war es zwischen uns nicht mehr dasselbe, und ich war froh, als wir zu dem Bauern kamen. Er war dunkel und hatte Frettchen in den Taschen – mehr wie ein Wilderer, dachte ich. Während sie miteinander sprachen, setzte ich mich auf einen Heuhaufen, von dem schon ein großes Stück abgetragen war. Es war ein beruhigender, süß duftender Ort, und als ich halb ausgestreckt dort lag, kam mir ein Gedanke. Ich dachte: »Ich zeig Nicholas jetzt, dass ich etwas kann, was die anderen nicht können.«

Ich hörte den Bauern weggehen und Nicholas um den Heuhaufen auf mich zukommen. Um mich besser konzentrieren zu können, hatte ich die Augen geschlossen. Er sagte meinen Namen, doch ich war mucksmäuschenstill bis ich merkte, wie ich mich in die Luft erhob. Ich lächelte vor mich hin, so leicht und frei fühlte ich mich. Ich wusste, dass Nicholas noch neben mir stand.

Dann hörte ich, wie er voller Angst in einem schrecklichen Ton flüsterte: »Mein Gott! Hör auf damit, hör sofort auf!«

Ich schlug die Augen auf und drehte mich zu ihm um. Unsere Gesichter waren jetzt auf derselben Höhe, nur dass meines waagrecht lag. Sein Gesicht wirkte weiß und fürchterlich, er machte eine Miene, als hielte er mich für niederträchtig und infam. Ich fiel aufs Heu zurück und lag dort ganz gerade und wir starrten einander an. Dann drehte er sich weg und murmelte: »Du kommst jetzt besser, wenn du mitfahren willst.« Ich erwiderte, ich käme nicht mit; ich würde noch ein Weilchen hier bleiben, und da ging er weg ohne sich noch einmal umzudrehen. Ich hörte, wie er seinen Wagen anließ und davonfuhr, bis ich ihn nicht mehr hörte.

Das letzte Mal, dass ich Nicholas sah, war am nächsten Tag. Er ritt wieder mit seinem Mädchen am Rand des Wäldchens entlang. Ich stand auf der Straße und beobachtete sie, und obwohl ich weit weg war, konnte ich sie ganz deutlich im kurzen Galopp reiten sehen, in der Sonne und dann jäh im Schatten.

Blinkers konnte meinen Brief in so kurzer Zeit nicht beantwortet haben, doch ich hoffte trotzdem, er würde kommen, um mir mit Mrs. Peebles zu helfen. Jeden Morgen ging ich die schmale Straße ein

Stück hinunter, um nach ihm Ausschau zu halten, doch sie war immer menschenleer, und wenn ich zu seiner Mutter zurückkam, saß sie still und mit steinernem Blick da und redete manchmal mit sich selbst, jedoch nie mit mir. Ich fand sie auf einmal abstoßend, wie eine alte braune Blume, und eines Nachmittags hielt ich es nicht mehr aus. Ich rannte zum Wohnwagen, legte mich hin und lauschte den Strandläufern und dann und wann einer Möwe. Weil ich mich selbst so verabscheute, konnte ich nicht einmal weinen. Doch glaubte ich, jemand anderen weinen zu hören. Irgendwie ärgerte ich mich über den Kummer der anderen, als hätte nur ich ein Anrecht darauf; doch dann schämte ich mich über meine ungeheure Selbstsucht. Ich machte die Wohnwagentür auf und lauschte. Jetzt weinte niemand mehr, und ich dachte, ich hätte es mir eingebildet. Ich lehnte mich über die untere Hälfte der Wohnwagentür und sah, dass die kleine Bucht sich mit Wasser gefüllt hatte. Es war Flut und der Frühlingswind blies mir das Haar aus dem Gesicht, sodass ich mich wieder frisch und rein fühlte.

Ich eilte durch das Gras zum Haus. Mrs. Peebles fand ich jetzt nicht mehr abstoßend. Ich wollte mich selbst vergessen und sie trösten. Ich konnte mir vorstellen, wie die Arme ganz still und braun und traurig dasaß. Die Tür zum Gewächshaus stand offen, ebenso wie die Buntglastür, die ins Haus führte. Shakespeares Kopf schwang sanft hin und her, und das Licht strömte durch die Gitterdecke in die Diele. Ich durchquerte sie und gelangte zu der scheppernden Treppe.

Klonk, klonk, scheppern meine Schritte auf den Stufen; klonk, klonk, scheppern sie auf dem Treppenabsatz. Alle Türen stehen offen. Einer von Mrs. Peebles schwarzen Schuhen hat sich in der schmiedeeisernen Verzierung verfangen und hängt dort einsam und verlassen. Hinter den offenen Türen sind Zimmer mit offenen Fenstern, und es ist wie in einem Zoo, in dem die Tiere freigelassen wurden und entlaufen sind. Niemand ist da. »Mrs. Peebles, wo sind Sie?« Nicht oben, nicht unten, auch nicht im Garten, wo Sie nie hingingen. Wo sind Sie? Ich suche sie lange, sogar im grünen Schuppen, aber dort ist sie auch nicht, hängt an keinem Seil, das ihr in den braunen Hals schneidet, von der Decke herab.

Ich lasse alle Türen und Fenster auf, renne die schmale Straße hinunter, und treffe auf den Mann mit den Cochinhühnern, die in dem dunklen Schuppen weiß und riesig leuchten. Ich sage ihm, dass Mrs. Peebles verschwunden ist. Zuerst versteht er mich nicht; dann sagt er langsam: »Sie meinen doch nicht die, die sich ans Seil geknüpft hat – doch nicht die Übergeschnappte?« Ich erwidere: »Doch«, und er überlegt und sagt: »Das ist schlimm. Wollen Sie, dass ich suchen helfe?« Und ich sage wieder »ja«, und da kommt er mit zum Ausgebrannten Haus. Gemeinsam suchen wir alle Stellen ab, an denen ich sie schon gesucht habe, und ich rufe »Wo sind Sie, Mrs. Peebles?«, aber sie gibt keine Antwort. Der Mann sagt wieder »Das ist schlimm«, und überlegt und kaut Tabak. Seine Spucke ist braun. Dann lässt er mich allein und geht ins Dorf, um Leute zu holen, die beim Suchen helfen. Ich bleibe da, falls sie zurückkommt, vielleicht mit nur einem Schuh.

Ich gehe zur kleinen Bucht und blicke zur Werft. Dort ist sie nicht, und sie kommt mir auch nicht auf dem Pfad entgegen, der am Wasser entlangführt. Dann gehe ich auf den Bootssteg, um besser sehen zu können; doch alles liegt still und verlassen da, und der Wind ist jetzt kalt. Ich gehe langsam auf dem Bootssteg zurück. Dann trete ich mit dem Fuß gegen etwas Schwarzes. Es ist der zweite Schuh, Mrs. Peebles spitzer Schuh, derjenige, der zu dem Schuh auf dem Treppenabsatz gehört. Sie hat jetzt keine Schuhe mehr an, und ohne Schuhe kann sie nicht weit gekommen sein. Vielleicht ist sie nicht weitergegangen. Ich blicke ins Wasser, aber es ist nur dunkel und leer und voller kleiner, heftiger Wellen. Klatsch, klatsch, klatschen sie heftig gegen das Schlauchboot und gegen die Pfosten des Bootsstegs, und während ich weggehe, höre ich sie immer noch in Gedanken. »Klatsch, klatsch. Wo sind Sie, Mrs. Peebles?«

Mrs. Peebles war tot – tot und ertrunken. Die Leute aus dem Dorf waren gekommen und hatten sie gefunden, obwohl sie ihr davor nicht helfen wollten.

Sie entdeckten sie unter Wasser. Ich saß mit einem Polizisten im Haus, der mir Fragen über sie und die Gowleys stellte. Er war nett und fragte: »Haben Sie etwas dagegen, wenn ich rauche?« Also saß ich mit dem rauchenden Polizisten da, während man Mrs. Peebles aus dem Wasser holte. Er tröstete mich und sagte, zu ertrinken sei besser als sich aufzuhängen, und da hatte er recht; doch tief in meinem Inneren wusste ich, dass ich ihr mehr hätte helfen können. Obwohl sie tot war, brachte man sie ins Krankenhaus, und ich ging mit dem Polizisten in sein Häuschen, das aus rotem Backstein und sehr sauber war. In einer Kiste neben dem Kamin waren Brieftauben, die nicht zurückgeflogen waren und darauf warteten, dass jemand Anspruch auf sie erhob.

Ich übernachtete im Haus des Polizisten. Dann kam Blinkers auf die Insel, ein trauriger, sprachloser Blinkers, der mir keinerlei Vorwürfe machte, nur sich selbst und den Gowleys. Es gab eine gerichtliche Untersuchung, bei der ich zugegen sein musste. Obwohl ich mich setzen durfte, als ich aussagte, klapperten mir die Zähne und ich fing an zu zittern. Draußen tschilpten die Spatzen ganz laut. Ich versuchte, an die Spatzen zu denken, dachte jedoch stattdessen an Mrs. Peebles und dass ich sie nicht getröstet hatte. Ich fragte mich, ob sie zusammengeklappt im Wasser gefunden worden war, oder flach ausgestreckt und in Ruhe.

Kapitel Achtzehn

Blinkers brachte mich mit dem Zug nach Hause zu meinem Vater, der, sagte er, mich erwarte. Wie furchtbar, dass ich von meinem Vater erwartet wurde! Jeder andere wäre mir lieber gewesen. Ich erinnerte mich, wie er mit Mutter redete, als sie nicht mehr da war, an seine grausamen breiten Hände und seinen sturen Stierkopf, und ich wusste, dass er ausgesprochen schrecklich war. Und der Zug brachte mich immer näher zu ihm. Blinkers und ich redeten nicht viel. Er blickte nur immer geradeaus und seufzte dauernd, und auf den Ärmel seines Regenmantels war eine schwarze Raute aufgenäht. Ich fand es gefühllos, die Zeitschriften zu lesen, die er mir gekauft hatte, und ließ sie deshalb auf meinem Schoß liegen und blickte aus dem Fenster. Überall sah ich, dass der Frühling kam. Zu Hause würde es keinen Frühling geben – abgesehen von der Amsel, die in der schmutzigen Stechpalme sang.

Am Bahnhof nahmen wir eine Droschke, es war eine langsame, holprige Fahrt. Dann war ich zu

Hause, und kaum hatte ich die Tür aufgemacht, roch es wieder nach Tieren. Mrs. Churchill stand da und wartete ganz traurig, und ihr Gesicht sah aus, als hätte sie es mit Asche eingerieben, wie für Aschermittwoch, doch wir hatten Freitag. Sie begrüßte mich, wirkte jedoch, als hätte sie sich über etwas geärgert. Blinkers und der Droschkenkutscher folgten mir in die Diele, sie gab dem Droschkenkutscher einen Sixpence mehr, damit er mir den großen Koffer in mein Zimmer trug, und dann standen wir in der Diele, und sahen zu, wie er sich mit dem schwarzen Ding abmühte. Dann fragte ich sie, wo der Papagei sei. Ich vermisste sein gewohntes Willkommensgeschrei; vielleicht war er ja gestorben. In Mrs. Churchills Gesicht arbeitete es seltsam, so als trenne sich Strickzeug auf. »Sie hat ihn abholen lassen – könne ihn nicht ausstehen, sagte sie, und ich gehe morgen ebenfalls. Sie kann den alten Vogel und mich nicht ausstehen.«

»Sie« war also wieder da – »sie« konnte nur Rosa sein. Wir standen alle in der düsteren Diele; dann wackelte Mrs. Churchill in die Küche, und ihre Schultern bebten vor Schluchzern. Blinkers legte seinen Arm, der noch im Regenmantel steckte, um mich und versuchte, mich an sich zu ziehen. Ich stand neben ihm, aufrecht und steif, als er mir ins Haar raunte »Es tut mir so leid, Alice. Es ist wirklich bedauerlich, aber in ein paar Tagen komme ich wieder – in höchstens einer Woche. Zu Mutters Beerdigung muss ich nach Hause zurück, auch wenn ich es jetzt kaum noch ein Zuhause nennen kann. Auf Wiedersehen, mein liebes Mädchen.« Der Regenmantelarm hielt mich noch fester, und ich wusste, dass er mich nach seiner Rückkehr bitten würde, ihn zu heiraten und in Earl's Court zu leben, weit weg von Vater und Rosa. In Earl's Court mit Blinkers und den alten Damen mit den Pekinesen wäre ich in Sicherheit, und wir würden Spitzenvorhänge haben, damit die Leute nicht sehen könnten, was dahinter vor sich ginge.

»Ach, Nicholas!«, dachte ich, »wie wäre es, wenn ich dich geheiratet hätte, und wir in der Sonne geritten wären und in deinem kleinen Boot gesegelt wären, und wenn du fort gewesen wärst, auf See, dann hätte ich in den geblümten Sesseln gesessen und an dich gedacht!« Jetzt würde ich Blinkers heiraten und ihn in seinen Hosenträgern herumlaufen sehen müssen – einmal hatte ich seine nackten Arme gesehen, die stark und schwer und haarig waren. Als er fortging, habe ich geweint, und er dachte, ich weinte, weil ich ihn eine Woche nicht sehen würde. Selbst bescheidene Männer sind manchmal eingebildet.

Als er fort war, kam Rosa aus dem Esszimmer. Sie ähnelte mehr denn je einer weißen Negerin; und ihr Haar war von einem noch leuchtenderen Gelb als früher. Sie stand lächelnd da und schlug mit den Absätzen auf den Boden.

»Du hast wohl nicht damit gerechnet, mich hier zu sehen, was?«, fragte sie. Und ich sagte »Nein«

und wischte mir dabei die verflixten Tränen vom Gesicht. Sie sagte: »Lass uns Freunde sein, ja? Das wäre wirklich besser, weil dein Vater mich heiraten wird. Ja, so ist das, und ich werde deine neue Mama sein.« Sie steckte die Zunge zwischen die Zähne und rollte mit den Augen und gab mir einen freundschaftlichen Knuff.

Wir saßen zusammen am Küchentisch und tranken Tee – es war ein recht freundliches Mahl. Ich hatte Angst, sie könne mir bohrende Fragen zu Mrs. Peebles Tod stellen; doch Hauptgesprächsthema war ihre bevorstehende Hochzeit.

»Wir hatten das Aufgebot schon einmal aushängen lassen. Dein Vater wollte standesamtlich heiraten, doch ich bestand auf eine kirchliche Trauung. Ich werde einen schönen weinroten Anzug tragen, mit einem ganz langen Jackett. Ich sag dir was, Liebes: du kannst meine kleine Brautjungfer sein, als Zeichen, dass du mir nicht mehr böse bist. Das gefällt dir doch sicher, oder?« Ich nickte nur, und sie fuhr fort: »Ich glaube, dein Vater schenkt mir eine Federboa; ich muss sagen, dass er sehr nett zu mir ist, wirklich sehr nett. Meine Güte! Ist es schon so spät? Ich möchte nicht hier sein, wenn dein Vater zurückkommt. Er ärgert sich ganz schön, dass du wieder nach Hause kommst – hat gesagt, er werde dir alle Knochen im Leib brechen. Ach, er hat ja nur Spaß gemacht – du weißt ja, wie Männer sind.«

Dann verließ sie das Haus und ich wartete auf Vater und darauf, dass er mir alle Knochen im

Leib brechen würde. Mrs. Churchill war gegangen; ich hörte, wie der kleine Hank aus dem Tierzimmer polterte und die Haustür zuknallte; und dann saß ich allein im Esszimmer und wartete. Schon bald hörte ich das Geräusch des Schlüssels in der Tür. Als ich hörte, wie Vater seine Tasche auf den Dielentisch stellte und sah, wie sich der Türknauf drehte, rannte ich in die andere Zimmerecke. Da war er, und trug gelbe Handschuhe an den breiten Händen.

»Na, wo bist du, du schniefendes kleines Miststück?«, brüllte er, während er wie ein schrecklicher Geist ins Zimmer trat.

Ich kam ganz langsam aus meiner Ecke und ging immer näher zu ihm, obwohl ich es fast nicht ertrug. Ich blickte auf seine gelben Handschuhe und dachte: »Mit Handschuhen kann er mich nicht schlagen, das wäre nicht recht.« Er packte mich am Arm, schob sein geschwollenes Weinfahnengesicht an mein Gesicht und sagte ganz ruhig: »Mit dir und deiner Mutter bin ich fertig – fertig, hast du verstanden?« Er schlug mich auf den Mund und ich dachte schon, jetzt bekäme ich auch ganz schiefe Zähne wie meine Mutter. Ich hielt die Hände über den Mund und schrie laut durch meine Finger: »Bitte nicht, bitte nicht!«

Er rief: »Halt den Mund!« und dann schwankte er nach vorne und stieß mich so heftig, dass ich zu Boden stürzte. Schwankend und sturzbetrunken stand er über mir, entschlossen, mir jeden Knochen im Leib zu brechen, und es gab kein Entrinnen. Ich rief: »Oh Gott, hilf mir!« Und es war, als hätte Gott mich gehört.

Gerade noch hatte ich neben Vaters fürchterlichen, glänzenden schwarzen Stiefeln auf dem Boden gelegen, und im nächsten Augenblick erhob ich mich in die Luft, direkt über Vater. Meine Füße zeigten zur Tür und mein Kopf zum Fenster. Um nicht abzustürzen, wagte ich erst nicht, nach unten zu blicken; dann drehte ich den Kopf leicht und blickte aus den Augenwinkeln hinunter.

Vater kniete auf dem Boden, beinah, als würde er beten. Seine Augen waren so weit nach hinten gerollt, dass man nur das Weiße sah, ohne Pupillen, und er sabberte aus dem Mund. Dann rief er mit dünner, weinerlicher Stimme: »Alice, ich tu dir nichts. Ich war betrunken und wusste nicht, was ich tat. Sei ein braves Mädchen und komm runter! Verzeih mir, Alice!«

Ich bewegte mich zu einem anderen Teil des Zimmers und er folgte mir mit den Augen. »Alice!«, flehte er. Ich merkte, dass meine Kräfte schwanden und ich nach unten kommen musste; also entspannte ich mich, schloss die Augen und schwebte langsam hinab. Einen Augenblick lang lag ich völlig erschöpft auf dem Boden. So lange war ich wohl noch nie in der Luft gewesen. Als ich die Augen aufschlug, fühlte ich mich immer noch leicht betäubt. Zuerst sah ich Vater nirgends. Ich stand langsam auf, und dann entdeckte ich ihn völlig zusammengeklappt in einem Sessel. Ich wusste, dass die Gefahr, alle Knochen, die ich im Leib hatte, von ihm gebrochen zu bekommen, vorerst gebannt war. Vater war nicht mehr wild, sondern nur noch ein gekrümmter, alter Mann.

Ich ging nach oben in mein altes Zimmer am Treppenabsatz. Bis auf den großen schwarzen Koffer war es genau wie immer. Ich legte mich auf mein Bett, bis ich hörte, dass Rosa zurückkam; dann setzte ich mich auf die Bettkante und fragte mich, was als nächstes passieren würde. Ich hörte, wie sie Vater wütend anschrie, und ein paar Minuten später rief sie mich nach unten. Wir gingen zusammen in die Küche und bereiteten unser Essen zu, jedoch nichts für Vater.

»Soll der dumme Dreckskerl seinen Rausch ausschlafen«, sagte Rosa.

Bevor Vater am nächsten Morgen in die Praxis ging, ließ er mich holen. Vor Angst zitternd ging ich in sein Zimmer. Er saß an seinem orgelartigen Schreibtisch und kaute eine seiner lila Salmiakpastillen. Er sah nachdenklich aus, nicht wütend. Ich stand an der Tür, sodass ich flüchten konnte, falls die Unterredung schlecht verliefe.

»Setz dich, Alice«, sagte er beinah höflich, und so ganz anders, als er früher mit mir gesprochen hatte. Ich setzte mich auf den Stuhl, der am nächsten war, und wartete in der bedrohlichen Stille, die nur vom Gebell der Hunde im anderen Zimmer unterbrochen wurde. Plötzlich sah er mich an und sagte:

»Es tut mir leid, dass ich gestern, als du ankamst, nicht ganz ich selbst war. Es tut mir wirklich sehr leid.« Dann hielt er inne und kratzte an seiner Nagelhaut herum. »Alice«, fuhr er fort, »du hast dich gestern sehr seltsam benommen … ähm … es war sehr absonderlich.« Absonderlich! Schon wieder dieses Wort. »Du bist auf höchst außergewöhnliche Weise vom Boden abgehoben und … ähm … schienst in der Luft zu schweben. Ich hätte großes Interesse, das noch einmal zu erleben. Leg dich doch bitte auf diesen Teppich hier und zeig's mir noch mal.«

Ich sagte: »Ach nein, Vater, das möchte ich wirklich nicht. Die Leute mögen es nämlich nicht. Sie finden es absonderlich. Ach bitte nicht, ich will nicht absonderlich sein!«

Vater sah verärgert aus und ich stand halb von meinem Stuhl auf.

»Nein, setz dich hin!«, befahl er. »Sag mal, haben schon andere diese seltsame Vorstellung miterlebt?«

Ich erwiderte: »Nun ja, erst einer hat mir dabei zugesehen. Ich bin nur ein ganz kleines Stück nach oben geschwebt, und er war ziemlich entsetzt. Ich habe nie wieder mit ihm gesprochen, weiß aber, dass er es nicht mochte – er war irgendwie angewidert von mir.«

»Wer war das? Wer hat dich gesehen?«

»Nur ein junger Mann von der Insel«, antwortete ich. »Sonst war niemand dabei – falls der Mann mit dem Frettchen es nicht auch gesehen hat.«

»Einheimische also. Na ja, was kann man da schon erwarten? Obwohl der Anblick ziemlich erschreckend ist, wenn man nicht darauf vorbereitet ist – oh ja, ziemlich erschreckend. Vermutlich hast du gemerkt, dass ich ziemlich bestürzt war. Trotzdem möchte ich, dass du dich jetzt auf den Teppich legst und mir zeigst, was du kannst.«

Widerwillig stand ich auf und ging zum Teppich. Ich drehte mich zu Vater um:

»Willst du wirklich, dass ich derart absonderlich bin?«, fragte ich.

»Ja, das will ich«, schnauzte er, »und mach schnell! Ich bin diese Unschlüssigkeit leid.« Er rülpste und wischte sich die Stirn mit dem Taschentuch ab. »Von irgendwas habe ich eine Magenverstimmung, obwohl ich gar nichts gegessen habe.« Dann heftiger: »Voran, beeil dich!«

Ich legte mich also auf den Teppich, der nach Desinfiziermittel roch, und zwang mich dazu, mich in die Luft zu erheben. Mit jedem Mal fiel mir die Sache leichter; doch hatte ich irgendwie Schuldgefühle und wünschte, das Schweben hätte sich nie ereignet. Ich stieg ganz rasch auf und verharrte dann regungslos, während mein Gesicht fast die Zimmerdecke berührte. Ich hatte immer gehört, dass Wärme nach oben steigt, und stellte fest, dass das stimmte; obwohl es ein kühler Tag war, fand ich es dort oben unglaublich heiß und stickig und hoffte, Vater erwartete nicht, dass ich lange dort blieb. Ich blickte auf ihn herab, während er am Schreibtisch saß und mich gespannt beobachtete.

Er fragte: »Kannst du dich bewegen – ich meine, in einen anderen Teil des Zimmers?«

Ich schwebte so weit wie möglich weg vom Fenster damit mich die Leute auf der Straße nicht sahen; dann fragte ich, ob ich jetzt herunterkommen dürfe. Es war sehr anstrengend, und wenn ich versuchte, zu reden, war es noch schlimmer. Ich konnte nicht warten, bis er mir antwortete, und kam so plötzlich nach unten, dass ich mir am Rücken wehtat und eine Weile mit geschlossenen Augen auf dem Boden liegen blieb. Als ich sie wieder aufschlug, stand Vater neben mir und half mir in den Sessel.

Kapitel Neunzehn

Dass Vater mir in einen Stuhl half, war typisch für die folgenden Tage. Es gab noch andere Dinge, die völlig anders waren als alles, was mir je zu Hause widerfahren war. Zum Beispiel brachte Rosa mir jeden Morgen Frühstück ans Bett. Anfangs ärgerte sie sich deswegen, stand am Fußende des Bettes und starrte mich zornig an, wobei die eisernen Lockenwickel wild auf ihrem Kopf standen. Aus irgendeinem Grund war ihre Hochzeit mit Vater um ein paar Wochen verschoben worden, was sie sehr bedrückte. Sie dachte, ich sei daran schuld. Dann strahlte sie plötzlich wieder über das ganze Gesicht und war sehr nett. Sie kochte mir köstliche Mahlzeiten, zwang mir Gläser mit Milch auf, weil ich, wie sie sagte, hochgepäppelt werden müsse. Sie manikürte mir die Nägel, bürstete mein helles Haar, bis es wie ein glänzender Helm aussah. Jedes Mal, wenn ich aus dem Haus ging, begleitete sie mich, so als ertrüge sie es nicht, mich nicht im Blick zu haben.

Ich wollte Lucy besuchen, wusste aber, dass ihre Mutter Rosa nicht empfangen würde, deshalb gingen wir nur an ihrem Haus vorbei. Im Vorgarten stand ein schreckliches, verbogenes Kinderwägelchen, das vom Geschrei eines Neugeborenen vibrierte. Rosa sagte, das sei Lucys Baby. Ich sagte, niemand habe mir erzählt, dass sie verheiratet sei, und Rosa lachte schrill auf. »Verheiratet, du liebe Güte!«, rief sie aus. »Wer würde schon so eine schwachsinnige taubstumme Kreatur heiraten? Nein, das Gör ist unehelich, und ich sag dir eines: Dein Vater verbietet dir jeden Umgang mit dieser Lucy.«

Die sanfte Lucy hatte also ein uneheliches Kind, wie alle gewöhnlichen Mädchen. Ich konnte es fast nicht glauben, doch gab es niemanden mehr, den ich hätte fragen können, jetzt, wo Mrs. Churchill fort war. Dann dachte ich: »Also wenn das stimmt, dann hat Lucy jetzt zumindest ihr Baby, und ich hätte mich gefreut, wenn ich ein Baby von Nicholas gehabt hätte, auch wenn wir nicht geheiratet hätten.« Dann fürchtete ich mich vor mir selbst, weil ich solche bösen Gedanken hatte.

Ich aß jetzt mit Vater und Rosa. »Hast du Lust auf ein bisschen weißes Fleisch, Liebes?«, fragte Rosa dann. Und Vater schenkte mir ein Glas Rotwein ein und sagte: »Wein ist das beste Mittel, damit du groß und stark wirst.« Nach dem Dinner hieß es dann: »Geh du nach oben und ruh dich schön aus. Ich räume den Tisch ab und spüle, und später machen wir einen Spaziergang im Park.« Und Vater fügte hinzu: »Ja, frische Luft tut dem

Mädchen gut. Allerdings soll sie nicht aus dem Haus gehen, wenn es nach Regen aussieht; sie darf auf keinen Fall nass werden.«

Zwei Freunde von Vater kamen jetzt immer ins Haus – Frink und Sully hießen sie. Frink war ein Deutscher mittleren Alters mit glatten grauen Haaren, die abstanden wie bei einer schmutzigen Zahnbürste; ich glaube, er war Uhrmacher. Sully war dick, hatte tiefe Falten im Gesicht, strähnige sandfarbene Haare und eine schmierige Stimme. Wenn Vater nicht da war, betatschte er Rosa mit seinen feuchten wabbeligen Händen, und hielt sein weiches Gesicht ganz nah an ihr Gesicht, sodass sie schrie: »Also, Mr. Sully, das dürfen Sie aber nicht!« und sich dann mit der Hand auf den Mund schlug, für den Fall, dass Vater es gehört haben könnte. Ihm gehörte eine Lokalzeitung, und Rosa sagte, er sei ein sehr wichtiger Mann und berechtigt, sich ein paar Freiheiten herauszunehmen. Zum Glück nahm er sich keine mit mir. Er brachte mir Respekt entgegen; doch seine blauen Äuglein folgten mir überall hin und sein Gesichtsausdruck hatte etwas seltsam Berechnendes.

Dann wurde mir klar, dass Sully und Frink wegen meines Schwebens zu uns kamen (sie benutzten jedoch immer die korrekte Bezeichnung »Levitation«). Eines Abends bestellte mich mein Vater in sein Zimmer und sagte mir, sie hätten Interesse, mir zuzuschauen. Ich wollte nicht, dass sie mich bei dieser Sache sahen, mich mit ihren großen, groben Gesichtern und fetten, eingegrabenen Augen anglotzten; doch Vater bestand darauf. Er zog die Vorhänge zu, und ich war mit diesen Männern und dem Tabakrauch und dem Gaslicht eingesperrt. Ich dachte: »Ich kann nichts anderes tun, als es schnell hinter mich bringen.« Ich legte mich hin, aber weil ich so dachte und nicht entspannt war, geschah zuerst gar nichts. Vater wurde böse, und Sully und Frink warfen sich Blicke zu. Plötzlich stürzte mein Vater mit schrecklich hervorquellenden Augen auf mich zu und knurrte mich an wie ein Kampfhund. Danach stieg ich ziemlich schnell auf. Mit dem Gesicht dicht an der Zimmerdecke blieb ich dort oben und machte mir Sorgen, weil mein Rock herabhing und man wahrscheinlich meinen Schlüpfer sah. Die Männer unten schienen die Fassung zu verlieren. Sully schluchzte und Frink redete auf Deutsch mit sich selbst. Vater war sprachlos – nicht wegen mir, sondern wegen des Verhaltens der Männer. Als ich nach unten kam, hatten sie sich immer noch nicht erholt. Ich überließ sie Vater, der versuchte, sie mit Whisky und Wasser wiederzubeleben.

Obwohl meine Levitation seltsame Auswirkungen auf die Männer hatte, konnten sie nicht genug davon bekommen. Sie quälten Vater dauernd, noch einmal zusehen zu dürfen, und dann noch einmal, obwohl ich Vater sagen hörte, er wolle nicht, dass ich mich schon jetzt so verausgabe. Und dass ich mich verausgabte, stimmte. Manchmal, wenn ich die Sache für sie absolviert hatte, schlief ich auf dem Boden ein und blieb dort eine Stunde lang liegen; und wenn ich wieder aufwachte, lag ich auf einmal in meinem Bett im oberen Stock, in das mich Rosa und mein Vater getragen hatten. Trotz des ganzen zusätzlichen Essens, das man mir aufzwang, war ich die ganze Zeit müde.

Eines Abends, es war schon fast dunkel, musste ich im Garten aufwärtsschweben. Ich hatte Angst – vor dem Haus und den hohen Mauern ringsum, und den Klinkersteinen unten. Dort oben, wo schon fast Dunkelheit herrschte, klangen selbst die Rufe der Zeitungsjungen und der Straßenlärm schrecklich. Als ich wieder nach unten kam, war ich so erschöpft, dass man mir Rotwein gab. Als ich aufwachte, spürte ich, wie er mir am Kinn herunterlief. Ich weiß noch, wie ich im Garten landete und dass mein Rücken ziemlich wehtat, und dann war ich in der Küche, wo mir warmer Wein am Kinn herunterlief. Ich dachte, ich hätte mich verletzt und blutete.

Ich sagte: »Ich habe gleich gewusst, dass das zu nichts Gutem führen kann«, doch sie hörten nicht auf mich. Frink sprach in seinen Kehllauten über das Levitieren des Mr. Home. Sully tat ihn als religiösen Spinner ab und sagte, das Schöne in meinem Fall sei, dass ich nicht religiös sei. Er schien zu glauben, ich würde sie reich machen. Ich konnte mir nicht vorstellen, wie das geschehen sollte, aber ich wusste, dass sie etwas Böses vorhaben mussten.

Blinkers kam zu uns. Ich durfte ihn nicht sehen, obwohl ich seine Stimme in der Diele hörte. Da war ich gerade in der Küche und Rosa schickte mich in die Vorratskammer und verriegelte die Tür hinter mir. Nicht, weil ich Blinkers unbedingt sehen wollte, trat und schrie ich, sondern weil ich mich dort drinnen wie in einem Gefängnis fühlte – es war feucht und stickig und stank nach saurem Brot und Kakerlaken. In der Diele waren wütende Männerstimmen zu hören. Vater hatte eigentlich gewollt, dass Blinkers mich mitnahm, doch jetzt ließ er ihn nicht zu mir. Das musste etwas damit zu tun haben, dass ich jetzt kostbar für ihn war, was irgendwie mit dieser Levitation und mit Sully und Frink zusammenhing. Während ich über all dies nachdachte, trat ich lustlos an die Tür, und dann bekam ich Angst.

Als Blinkers gegangen war, ließ Rosa mich aus der Kammer. Sie sagte, es sei eine echte Schande: Sie hätte mich nie dort eingesperrt, aber Vater habe es ihr befohlen, falls dieser »Peebles Bursche« auftauche – warum, könne sie mir nicht sagen. Ich sagte zu ihr, Peebles bedeute mir nicht das Geringste, abgesehen davon, dass er immer nett zu mir gewesen sei. Dann erzählte ich ihr aus Einsamkeit von meiner Liebe zu Nicholas. Ich versuchte, die unbekümmerte Schönheit zu beschreiben, die ihn wie ein goldener Schleier umgab, und als ich über Nicholas sprach, vergaß ich, dass ich mit Rosa sprach – bis sie mich mit schallendem Gelächter unterbrach und sagte, ich brächte sie noch ins Grab. Ich bereute zutiefst, dass ich ihr von Nicholas erzählt hatte. Dass sie sagte, »ich brächte sie ins Grab«, war seltsam, weil es irgendwie stimmte.

Nach Blinkers Besuch wurde ich zu einer Art Gefangener, und Rosa wurde zu meiner Gefängniswärterin, obwohl ihr das widerstrebte; ich schlief sogar bei ihr im Zimmer. Sully und Frink gingen die ganze Zeit ein und aus, und ich bekam immer mehr Angst, weil ich wusste, dass sie wegen mir kamen. Eines Tages zeigte mir Rosa dann eine Zeitung – deren Eigentümer Sully war. In tiefschwarzen Lettern stand dort eine Anzeige, in der es hieß, Miss Alice werde am Sonntagnachmittag eine verblüffende Vorstellung im Clapham Common geben. Auch das Datum und der genaue Ort auf dem Common waren angegeben, an dem die Vorstellung stattfinden würde; ausgelassen war nur, was Miss Alice dort genau vorführen würde. Dann rief mich Vater in sein furchtbares Zimmer. Er erklärte mir, dass ich Miss Alice sei. Ich sollte mich vor allen Leuten im Clapham Common in die Luft erheben, was dazu führen würde, dass man mich mit Angeboten überschütten würde, in Zirkussen und Varietés in ganz England aufzutreten – vielleicht sogar in der ganzen Welt.

»Mich vor den Leuten im Clapham Common und in Varietés und Zirkussen in die Luft erheben! Bitte, lieber Gott, mach, dass das nicht geschieht. Vater, zwing mich nicht dazu. Ich möchte nicht absonderlich und anders sein. Ich möchte ein normaler Mensch sein. Ich werde Henry Peebles heiraten und fortgehen und dann brauchst du mich nicht mehr zu sehen – aber zwing mich nicht zu dieser schrecklichen Sache.«

Ich rief zu Gott und zu meinem Vater, doch es stand schon gedruckt in Sullys Zeitung und es gab kein Entrinnen.

Die Tage, die auf diese Ankündigung folgten, waren wie ein Alptraum, unwirklich und schrecklich. All die unerwartete Freundlichkeit und Fürsorglichkeit, die mir in letzter Zeit widerfahren war, war nichts als ein Mästen gewesen, bevor man mich schlachtete. Ich war beunruhigt und konnte nichts essen, sodass Rosa mir die Nase zuhielt, während Vater mir gehacktes Huhn und Rindfleisch in den Hals stopfte. Von dieser groben Behandlung verfärbte sich meine Nase und schwoll an, und Sully sagte, mit so einer Nase würde ich ihnen keine Ehre machen. Daraufhin wurde ich nicht mehr zwangsernährt und lebte von rohen, mit Milch verquirlten Eiern. Sully und Frink wollten, dass ich vor dem Sonntag zu einer »kleinen Vorrunde« im Clapham Common antrat, doch Vater lehnte ab. Ich glaube, er fand, ich solle sofort losschweben – was ich auch getan hätte, wenn ich die Kraft dazu gehabt hätte.

In der Nacht lag ich in Mutters altem Zimmer. Es war jetzt ganz rosafarben und gehörte Rosa. Ich lag ausgestreckt neben Rosa, die ziemlich knochig war, und ihr Haar, das wie trockene Wolle war, lag neben mir auf dem Kopfkissen. Meine Augen waren weit geöffnet, und ich war so steif, dass mein Kiefer wehtat und sich anfühlte, als sei er verklemmt. Manchmal muss ich geschlafen haben, doch die Nächte kamen mir endlos vor. Ich stellte mir dauernd vor, wie es im Clapham Common sein würde. Ich sah einen grellweißen Himmel und spürte die schmerzende Müdigkeit, die mich bei dem Versuch überkam, mich über der glotzenden Menschenmenge zu halten, über all den runden Gesichtern und offenen, zahnlosen Mündern, und den Nasen, die auf mich gerichtet waren. Dann war mir, als hörte ich sie vor Lachen brüllen. Manchmal lag ich auch auf dem Boden und versuchte angestrengt, mich in die Luft zu erheben, wurde aber daran gehindert, so als zögen mich große Gummibänder nach unten; mein Vater und Sully spornten mich an, und Frink beobachtete mich aufmerksam durch eine Lupe. Wenn es mir gelang, ein paar Minuten lang einzunicken, dann träumte ich, ich würde zu Boden stürzen und schreckte mit klopfendem Herzen aus dem Schlaf hoch. Ganz gleich, was im Clapham Common passieren würde, ich wusste, dass mein Leben danach fürchterlich werden würde. Wenn mir das Levitieren misslingen würde, wäre das eine öffentliche Blamage für mich und mein Vater würde mich wahrscheinlich umbringen; wenn mir die Sache aber gelänge, würde ich als absonderlich gebrandmarkt und auf immer von den normalen

Menschen getrennt werden. Ich würde zu einer Art Peepshow, zu einem armen Sonderling, der durchs Land tingelt, und die Leute würden sich zu mir drängen und mich anstarren.

Ich fing an, mich nach Blinkers zu sehnen und nach Mrs. Churchill, besonders nach Blinkers, weil ich wusste, dass er eher die Macht hatte, mir zu helfen. Ich entsann mich an die selbstlose Freundlichkeit, die er mir gegenüber immer gezeigt hatte, und an das Gefühl der Sicherheit, das ich in seiner Nähe empfand. Ich dachte, wenn er jetzt hierher käme, würde ich mit Freuden mitgehen und ein Leben lang bei ihm bleiben. Früher hatte ich ihn immer »diesen dummen Blinzler« genannt, doch jetzt erschien er mir wie eine Art Held – wenn auch einer, der recht rund und stämmig war. Wenn er mich rettete, würde ich auch versuchen, mich nicht an seiner Schwerfälligkeit zu stören oder an seinen massigen, haarigen Armen.

Nachts, als Rosa schlief, nahm ich ein Blatt von dem Papier, mit dem die Schublade ausgeschlagen war, in der meine Kleider lagen, und schrieb ihm:

Henry, rette mich! Sie zwingen mich, im Clapham Common und in Varietés auf der ganzen Welt zu schweben. Ich möchte normal sein. Bitte, Blinkers, rette mich.

Ich schrieb mit Rosas Augenbrauenstift und bastelte einen Umschlag, den ich mit einer Nadel verschloss.

Am nächsten Morgen gab ich diesen selbstgemachten Brief dem kleinen Hank zum Einwerfen. Er war besorgt, weil keine Briefmarke darauf war, und ich rang ihm nur mühsam das Versprechen ab, dass er ihn einwerfen würde, doch am Ende stapfte er mit ein paar Hunden davon, und aß das Stück Brot mit Sirup, mit dem ich ihn bestochen hatte. Als er wiederkam, rannte ich in die Diele und überprüfte seine Taschen, um sicherzugehen, dass er den Brief wirklich eingeworfen hatte.

Rosa kam in die Diele und rief: »Was tust du bei diesem schniefenden Kind?«

Ich antwortete, er sei wirklich ein braver Junge, und er könne doch eine Tasse Tee mit uns in der Küche trinken; also saßen wir alle zusammen in der Küche und Hank sagte keinen Ton. Ich war fast glücklich, weil ich wusste, dass ich gerettet war, wenn Blinkers den Brief bekam.

Der Sonntagmorgen kam. Ich erwachte aus einem Traum, in dem man mich in eine Grube mit Spinnweben aus nassem Schlamm versenkt hatte. Selbst als ich Rosa in ihrem langen Nachthemd dastehen sah, und das Morgenlicht erblickte, das ihr auf die hohen Wangenknochen fiel, dachte ich, während ich noch gegen meinen Traum ankämpfte: »Es ist noch Zeit genug. Blinkers kann mich noch retten. Bis er kommt, muss ich nichts weiter tun als die Ruhe bewahren.«

Sie wollten, dass ich den ganzen Vormittag im Bett blieb. Ich wurde ins Schlafzimmer gesperrt und beinah wie eine Braut behandelt, die sich sträubt. Ich geriet nicht in Panik, sondern lag nur da und wartete auf Blinkers.

Er kam nicht.

Kapitel Zwanzig

Ich bekam Sherry, mit Eiern und Milch verquirlt. Man zog mir ein langes, weißes Kleid an, das ich noch nie gesehen hatte, und weiße Strümpfe aus Seide, die sich weich anfühlten. Rosa trug Rouge auf meine kreidebleichen Wangen auf. Weiß gekleidet und mit rot geschminkten Wangen wurde ich von Rosa nach unten gebracht. Sie trug einen großen Hut voller Rosen und eine Uhr mit Kette, ein Geschenk ihres Vaters. Sie sagten, wenn ich tun würde, was man mir sagte, bekäme ich auch eine. Ich wollte keine Uhr, die Zeit war mir egal. Ich stand mit Sully und Frink und Rosa in der Diele, bis die Droschke vorfuhr. Als Vater die Tierzimmertür öffnete, und sich zu uns gesellte, folgte ihm Gebell. Man trug mich fast in die geschlossene Droschke. Ich wusste jetzt, dass es kein Entrinnen gab, und ich die Sache hinter mich bringen musste.

Wir fuhren an geschlossenen Läden und an Leuten in Sonntagskleidern vorbei den Lavender Hill hinauf. Wir rollten schweigend dahin – bis auf Sully, der sein Schwabbelgesicht dicht an mein Gesicht hielt und sagte: »Ganz ruhig, kleines Fräulein. Und denk dran: Wir verlassen uns auf dich.«

Ich wandte mich von ihm ab und blickte durchs Fenster auf die großen grauen Häuser der Cedars Road. Vater zog ungeduldig den Vorhang nach unten. Ihm rann der Schweiß übers Gesicht, und daran konnte ich sehen, dass er nervös war. Auch Sully war nicht gerade glücklich: Sein großes Milchgesicht zuckte heftig. Nur Frink saß still und unnahbar da. Rosa fingerte vor Unbehagen an ihrer Federboa herum und blickte, verblüfft über das Schweigen der Männer, von einem zum anderen. Sie hatte mich noch nie schweben sehen, und glaubte wohl auch nicht, dass ich tatsächlich schweben würde; eher würde ein Trick meines Vaters uns alle reich machen. Die gespannte Atmosphäre dieser leichenwagenartigen Droschke bereitete ihr jedoch Unbehagen.

Auf der Nordseite des Clapham Common in der Nähe der alten Kirche mit dem blauen Uhrenzifferblatt stiegen wir aus. Wir gingen langsam über den Rasen, auf dem hier und da ein Löwenzahn blühte. Rosa hielt mich am Arm, und ich ging wie im Traum neben ihr her. Die drei Männer mit den Bowlerhüten folgten uns und stritten darüber, wo genau diese fürchterliche Sache stattfinden sollte.

Es musste an diesem Tag geregnet haben, denn das Gras war ganz nass. Jetzt leuchtete der Himmel silbern und es ging leichter Westwind. Wir müssen ein seltsames Grüppchen gewesen sein, weil die

Leute sich nach uns umdrehten und manche sagten, wir seien eine Hochzeitsgesellschaft und ich sei die Braut, denn ich sei ja weiß gekleidet und hätte Blumen im Haar. Erwachsene Männer und Jungen ließen Drachen steigen, und ich hatte Angst, mich vielleicht später in ihren Schnüren zu verheddern. Wir kamen an den Musikpavillon mit der grünen Kuppel und hörten die schreienden Stimmen der Redner, die der Wind zu uns herübertrug.

»Hier sind zu viele Bäume«, sagte Vater zu Frink.

Wir gingen an der Hütte des Parkwächters vorbei und an den alten Männern unter dem Schutzdach: Seit ich denken kann, spielten dieselben alten Männer, so kam es mir vor, sommers wie winters dieselbe Partie Schach. Wir ließen all dies hinter uns und gelangten wieder auf offenes Gelände. Ich sah die beiden großen, grauen Villen – herrschaftliche Wohnstätten vor dem silbernen Himmel. Als Kind dachte ich immer, sie seien etwas Heiliges aus der Bibel – »In meines Vaters Haus sind viele Wohnstätten«. Obwohl ich jetzt wusste, dass sie nicht heilig waren, tröstete mich ihre riesenhafte, vertraute Grauheit.

Plötzlich zwickte mich Rosa in den Arm. Ich drehte mich zu ihr, und sah, dass sie ihr trauriges Clownsgesicht aufgesetzt hatte, das ganz verhärmt und auffällig gepudert war.

»Ähm«, sagte sie in leisem Cockney-Gegreine, das ich noch nie zuvor aus ihrem Mund gehört hatte. »Ähm, all das geht mir ziemlich auf den Wecker.

Gehen wir nach Hause. Es gefällt mir hier nicht.« Sie lockerte ihren Griff und wandte sich an Vater. »Euan Rowlands«, greinte sie, »das hier ist schrecklich! Bring uns nach Hause!«

Vater beachtete sie nicht und wandte sich an Sully und Frink: »Das müsste gehen«, sagte er leise und wir standen stumm da. »Ja, das müsste gehen«, pflichteten sie ihm bei. »Die Bäume sind weit genug entfernt und die Redner noch nah genug dran. Ja, müsste gehen.« Und Frink murmelte mit seiner kehligen Aussprache: »Nicht zu viele Leute – wir wollen keine Massenpanik.«

Ich musste mich aufs Gras legen, obwohl es ganz nass und schmutzig war.

»Mein Kleid«, flüsterte ich, »mein langes, weißes Kleid ist dann aber nicht mehr weiß.«

»Kümmer dich nicht darum«, knurrte Vater mich an. »Leg dich einfach hin und entspann dich.«

Verzweifelt und gedemütigt legte ich mich also hin. Die Leute, die mich sahen, dachten, ich sei ohnmächtig geworden und stellten sich um mich herum; in meinem weißen Kleid fiel ich sehr auf. Noch mehr Leute aus den äußeren Reihen der Menschenmenge, die den Rednern zuhörten, kamen über den Rasen zu mir geeilt. Es war wie wenn Wassertropfen sich gegenseitig magnetisieren und zusammenrücken. Rosa hatte mir den Rücken zugekehrt und weinte, und ihre dünnen Schultern bebten unter der Federboa. Sully und Frink hatten sich entfernt, damit sie schnell flüchten konnten, falls etwas schief ging. Nur Vater war nah bei mir und sein Gesicht war schrecklich. Er schrie mich fast an: »Mach schon, tu's jetzt! Himmelherrgott, enttäusch uns jetzt nicht! Los, Beeilung!«

Jemand bückte sich, um mir aufzuhelfen, und ich hätte mich retten können, doch ich hatte Vaters schreckliches Gesicht vor mir und bemühte mich verzweifelt, der panischen Angst vor ihm zu entrinnen. Ich erhob mich ganz gerade in die Luft, ungefähr drei Meter hoch und dann noch ein Stück höher. Ich verharrte dort regungslos und es herrschte eine schreckliche Stille. Es war, als seien all diese Leute tot, so still waren sie, und ich konnte eine Biene schwirren hören. Die Stille dauerte nur einen Moment, dann drang lautes Gebrüll an mein Ohr und Geschrei und Gekreische – Tierlaute. Ich blickte hinunter, und sah sie, keine Tiere, sondern ein Gewühl von Hunderten von Menschen. Manche schrien und zeigten zu mir nach oben, andere knieten auf dem Boden und beteten. Manche rannten davon, jedoch nicht geradeaus, sondern im Kreis.

Dann erblickte ich zwei ziemlich beleibte Gestalten, die auf die Menschenmenge zueilten. Mit ihren besorgten Gesichtern sahen sie zu mir hinauf und ich erkannte Mrs. Churchill und Blinkers, der keine schwarze Raute mehr trug, sondern wie ein Pfarrer völlig in Schwarz gekleidet war. Meine beiden beleibten Freunde – für meine Rettung war es zu spät! Am Rand der Menschenmenge meinte ich

Lucys sanftes Gesicht zu sehen, und ein Baby, das sich in ihren Armen räkelte.

Die Müdigkeit durchlief mich in Wellen, und ich ließ mich ein wenig hinuntersinken. Grabschende Hände streckten sich nach mir aus, doch weil ich solche Angst hatte, auf die Leute zu fallen, zwang ich mich, wieder höherzusteigen. Es gelang mir, in der Waagrechten ein Stückchen von ihnen fortzuschweben, doch als ich wieder hinabblickte, waren sie alle wieder unter mir. Ich war sehr erschöpft, und wusste, dass ich nicht mehr lange über ihnen schweben konnte. Schon bald würde ich mitten unter ihnen sein. Ich merkte, dass ich das Bewusstsein verlor, und versuchte, mit der Hand ein Zeichen zu geben, dass ich gleich nach unten kommen würde.

Ich hörte Vater schreien: »Aus dem Weg!« und während ich mit geschlossenen Augen hinabrauschte, spürte ich, dass die Menschenmenge ein Stück zurückgewichen und unter mir eine Lichtung entstanden war.

Ich landete mitten unter den Leuten. Obwohl wir im Freien waren, war die Luft stickig und ekelhaft. Als ich die Augen aufschlug, sah ich nichts als Füße und Beine, die in Stoff steckten. Dann ging das Geschrei wieder los, und die Füße und Beine begannen zu schwingen und zu drängen, und man hörte wütende Ausrufe und Schmerzensschreie. Der Raum um mich herum schloss sich langsam. Plötzlich sah ich, dass ein Mann mit rötlichgelbem Schnauzbart mich ganz entsetzt anstarrte. Ich versuchte, ihn anzulächeln, weil ich merkte, dass der bedauernswerte Mann Mitgefühl brauchte – und ich hatte ihn schon einmal gesehen. Doch im nächsten Augenblick hatte man ihn zu Boden gestoßen und die heranrückende Menschenmenge fiel über ihn. Ich versuchte, vom Boden aufzustehen, und griff nach Rosas Rock. Die Arme! Sie stand da, hatte die Hände vors Gesicht geschlagen und schrie. Die Leute mussten das Weiß meines Kleids erspäht haben, denn der Schrei »Dort ist sie!«, der aus vielen Stimmen bestand, aber wie eine einzige mächtige Stimme klang, drang mir in die Ohren. Während die Leute vorwärtsdrängten, verlor Rosa das Gleichgewicht und fiel, immer noch schreiend, über mich. Ich meinte, Vaters Stimme erkennen zu können, der versuchte, die Menge zurückzuhalten, doch die Leute drängten weiter nach vorne, und die, die vorne standen, konnten sich nicht helfen. Es gelang mir, den Kopf auf die Seite zu drehen, doch da Rosa auf mir lag, konnte ich mich nicht bewegen und meine Hände nicht unter ihr hervorziehen, um mein Gesicht zu schützen.

Die schrecklichen Füße kamen und ich bekam keine Luft mehr. Als sie über mich trampelten und auf mich fielen, konnte ich Rosa trotz unbeschreiblicher Schmerzen noch schreien hören. Dann spürte ich nichts mehr. Ich dachte nur noch: »Das war's; so ist Sterben.« Rosa hatte aufgehört zu schreien, und zum ersten Mal in meinem Leben hatte ich keine Angst.

Der folgende Zeitungsbericht – einer von vielen, die damals erschienen – nimmt Bezug auf den Vorfall am Ende des vorliegenden Romans:

Die gerichtliche Untersuchung bezüglich der drei Personen, die kürzlich von einer Menschenmenge im Clapham Common zu Tode getrampelt wurden, fand heute statt. Die Opfer waren Alice Rowlands und Rosa Fisher, beide aus Battersea, sowie ein bislang noch nicht identifizierter Mann.

Alles deutet darauf hin, dass Alice Rowlands vorgab, levitieren zu können, und dass der Unfall sich ereignete, als eine Menschenmenge, die sich das Kunststück ansah, außer Kontrolle geriet. Das Mädchen war als Braut gekleidet in den Park gekommen, und mehrere Zeugen beharrten darauf, dass es sich in eine beachtliche Höhe über dem Boden begeben hätte.

Die Polizei gab an, nicht imstande gewesen zu sein, vom Vater des Mädchens Informationen zu erhalten, der Zeuge des Vorfalls gewesen und seitdem ernsthaft krank sei.

FSC
www.fsc.org
MIX
Papier aus verantwortungsvollen Quellen
FSC® C083411

Bibliografische Information der Deutschen Nationalbibliothek
Die Deutsche Nationalbibliothek verzeichnet diese Publikation in der Deutschen Nationalbibliografie; detaillierte bibliografische Daten sind im Internet über
http://dnb.d-nb.de abrufbar.

First published in Great Britain by William Heinemann Ltd in 1959
First published by Virago Press in 1981
Lektorat: Anna Schloss, Wiesbaden
Cover, Satz und Layout: Anja Carrà, Weimar
Bildnachweis: unsplash / Joel Overbeck
Der Titel wurde in der Baskerville gesetzt.
Gesamtherstellung: CPI books GmbH, Leck – Germany

ISBN: 978-3-7374-1112-7

Mehr über Ideen, Autoren und Programm des Verlags finden Sie auf www.verlagshausroemerweg.de und in Ihrer Buchhandlung.